Du même auteur

Le Scénariste

Le
PROFILEUR

Directeur éditorial : David Sénéchal
Chargée de projet : Valérie De Marchi
Couverture et mise en pages : Bruno Lamoureux
Photomontage de couverture : Bruno Lamoureux

Catalogage avant publication de Bibliothèque et Archives nationales du Québec et Bibliothèque et Archives Canada
Titre : Le profileur / Yves D. Poirier.
Noms : Poirier, Yves D., auteur.
Identifiants : Canadiana (livre imprimé) 20240009940 | Canadiana (livre numérique) 20240009959 | ISBN 9782762146400 | ISBN 9782762146417 (PDF) | ISBN 9782762146424 (EPUB)
Classification : LCC PS8631.O3788 P76 2024 | CDD C843/.6 — dc23

Dépôt légal : 3e trimestre 2024
Bibliothèque et Archives nationales du Québec

La maison d'édition reconnaît l'aide financière du gouvernement du Canada par l'entremise du Fonds du livre du Canada pour ses activités d'édition. La maison d'édition remercie de leur soutien financier le Conseil des arts du Canada et la Société de développement des entreprises culturelles du Québec (SODEC). La maison d'édition bénéficie du Programme de crédit d'impôt pour l'édition de livres du gouvernement du Québec, géré par la SODEC.

IMPRIMÉ AU CANADA EN SEPTEMBRE 2024

Financé par le gouvernement du Canada | Funded by the Government of Canada | Canada

Le PROFILEUR

YVES D. POIRIER

FIDES

À mon jumeau Gaétan
et à mon grand ami disparu,
Paul Rousseau

« La haine tue toujours, l'amour ne meurt jamais. »
Gandhi

1

PATRICK LANCTÔT, un jeune enquêteur de la SQ, a choisi 9 heures, un lundi matin de printemps, pour m'appeler et ainsi jeter un pavé dans la mare alors que la météo des prochains jours s'annonçait plutôt clémente et devait me permettre d'aller taquiner la truite sur un lac des Laurentides.

— J'ai besoin de dresser le profil psychologique d'un assassin. On m'a recommandé vos services, monsieur Quentin, m'a-t-il lancé.

— Je suis scénariste, pas psychanalyste ! ai-je répondu.

— Je suis certain que vous pouvez m'aider, a-t-il insisté.

— Vous êtes sûr que vous frappez à la bonne porte ?

— J'ai vu plusieurs de vos films, monsieur Quentin. Vos personnages sont souvent tordus et déséquilibrés. Je me rappelle celui du meurtrier dans *Le sang des autres*, qui utilisait le sang de ses victimes pour peindre des fresques. Ou encore, celui qui tuait ses voisins dans *Le troisième palier*. Vous l'aviez baptisé « le Flâneur » parce qu'il observait les passants de la fenêtre de son appartement, parmi lesquels il choisissait ses prochaines victimes.

— En tout cas, vous connaissez mieux ma filmographie que ma propre fille…

Malgré la ferveur du jeune homme au bout du fil, je n'ai pas su tout de suite si je devais accueillir sa proposition comme un cadeau. Après autant d'années de labeur, j'avais récemment cru légitime de m'abandonner à des plaisirs plus élémentaires, tels que cueillir des champignons ou tout simplement griller un Davidoff en après-midi, sous la gloriette, en terminant mes mots croisés. La fin de la récréation avait-elle déjà sonné ? Ce novice de la SQ tentait-il seulement de me flatter dans le sens du poil pour s'assurer que j'accepte de collaborer ? Et s'il était à la solde du lieutenant Piché, ce petit commandant des toilettes qui cherche à me faire porter le chapeau dans une histoire de disparition non résolue ? Lanctôt croyait-il sincèrement que je pouvais être l'homme de la situation pour l'aider à coffrer le détraqué qu'il pourchassait ?

Fanny, avec qui je coule des jours heureux depuis maintenant quelques mois, m'a vivement encouragé à rencontrer le jeune enquêteur. Elle s'imagine sans doute que cela pourrait être la bougie d'allumage d'un nouveau scénario. Peut-être s'ennuie-t-elle du désaxé qui l'avait séduite à l'époque pas si lointaine où je scénarisais ? Me trouve-t-elle trop raisonnable — pour ne pas dire insipide — maintenant que je n'écris plus ? Même Alban, mon fidèle ami et producteur, ne cesse de me casser les oreilles depuis le jour où j'ai osé parler de retraite. Il soutient que ce semblant de quotidien douillet auquel je crois aspirer n'est qu'illusoire. « Écrire, c'est ton karma, Hubert ! » a-t-il insisté lors de notre dernière prise de bec, prétendant que la source n'était pas tarie. Et pourtant, s'il est un métier où l'on doit savoir envisager le mot FIN, c'est bien celui de scénariste. Comme si cette pression indue ne suffisait pas, il a fallu qu'il soit mis au courant de l'appel de l'enquêteur. Car si je croyais pouvoir tout confier à Fanny sur l'oreiller, ma jeune muse s'est permis de révéler à Alban que le sergent Lanctôt avait demandé à me rencontrer. Ce qui fait que, depuis ce jour, Alban me talonne pour que je fonce la tête la première dans la création d'un nouveau scénario. Mon producteur n'est pas né de la dernière pluie. Il a bien deviné que participer à l'enquête serait à même de nourrir mon imagination et de faire bondir mon taux de dopamine, des conditions propices à l'écriture d'un récit. Mais j'ai hésité. Comme cela exige habituellement un dévouement complet, je redoutais le besoin de faire aboutir une histoire. Je sais combien je peux devenir égoïste et insupportable durant ces périodes tourmentées. Florence, mon ex-femme, en a suffisamment subi les affres dans le passé pour que je ne puisse oublier les excès que je lui ai infligés. Imposer aujourd'hui ce parcours à Fanny, avec qui je partage ma vie depuis trop peu de temps, ne me souriait pas. Je doutais que la ferveur qui existe entre elle et moi soit assez endurcie pour résister à cette épreuve… mais j'ai déjà lu que la témérité est parfois plus près de la folie que du courage. J'ai donc accepté ce rendez-vous.

2

JE NE SAIS TOUJOURS pas comment qualifier ma relation avec Fanny. Si nous ne sommes pas encore « un couple » à proprement parler, cela ne nous empêche pas de nous aimer à distance, un très court éloignement puisque ma maison est à soixante-trois minutes et trente secondes en voiture de la sienne, tels des tourtereaux qui nichent chacun chez soi pour éviter d'envahir la vie de l'autre. Fanny devait d'abord s'installer chez moi pour y ouvrir une résidence pour aînés, mon manoir étant suffisamment grand pour accueillir une huitaine de pensionnaires. Mais entretemps, elle a dû accepter un intérim d'infirmière en chef au CLSC où elle travaille depuis une douzaine d'années.

Nous célébrons aujourd'hui les sept premiers mois de nos amours avec une joie encore intacte. Et je ne voudrais pour rien au monde que cette sérénité soit troublée, surtout pas par mon travail. Je n'ai pas senti l'hiver tellement nous nous sommes souvent blottis l'un contre l'autre. Notre histoire d'amour est d'une intensité semblable à celle de Robert Redford et Meryl Streep dans *Out of Africa*, à la différence près que je n'envisage pas de finir dans un écrasement d'avion. Il n'est surtout pas question de trépas au moment où l'amour me subjugue comme jamais.

L'idée de reprendre du service m'anime presque tout autant. Ce n'est pas la première fois que la curiosité me pousse à m'engager dans des aventures sans que je sache où cela peut me mener. Au téléphone, le jeune sergent m'a semblé contrarié par l'enquête qui lui avait été confiée. Je n'en sais pas plus, mais à la gravité de son ton, il ne peut s'agir que d'une tragédie.

C'est Fanny qui accueille Lanctôt. Je devine bien qu'elle le trouve beau garçon. J'avais déjà vu sa photo sur Internet. C'est fascinant aujourd'hui de constater que l'on peut connaître le pedigree d'un inconnu en quelques clics. Le jeune homme est un sportif de compétition individuelle. Sur les images que j'ai pu trouver, il pratique le tennis, le ski et le judo, mais jamais de sport d'équipe. Il est probablement issu d'une famille bien nantie puisque son appartement d'étudiant ressemblait davantage à ceux des professeurs habitant dans les quartiers chics de la Côte-des-Neiges, près de l'université où, dans ma jeunesse, j'ai enseigné la littérature.

Lanctôt avait préféré passer chez moi, car notre rencontre devait demeurer privée. S'il avait fallu que cette recrue de la SQ soit vue en ma compagnie et que cela vienne aux oreilles de son patron, le lieutenant Piché, on l'aurait aussitôt réaffectée à la circulation du centre-ville. C'est de notoriété publique, Le Pic — c'est le surnom qu'on donne à Piché dans les corridors de la SQ — me déteste depuis le jour où il a dû me faire des excuses officielles. Il y a longtemps que cet homme a atteint le plus haut niveau d'incompétence. Il est incapable de gérer plusieurs affaires en même temps. Il n'y a bien que la soif du pouvoir pour le maintenir en poste.

— Mon ancien patron, Robert McGuiness, prétend que vous seriez le mieux placé pour m'aider à dresser le profil psychologique du meurtrier et à comprendre ses motivations.

— J'ignorais que McGuiness estimait mon travail à ce point.

— Il n'a pas cessé de vanter votre jugement.

Je dois beaucoup à McGuiness. Mais nous partageons un secret qui, si la chose se savait, pourrait rendre ma retraite moins confortable — et la sienne aussi, probablement. Surtout si on m'envoyait au pénitencier Archambault. Il fut pourtant une époque où je n'aurais pas détesté y séjourner. J'aurais pu y rencontrer Clifford Olson, le célèbre tueur en série canadien. Je ne suis pas un admirateur de ce genre de désaxés, mais je suis convaincu que le fait de les côtoyer en prison permet de recueillir davantage de confidences et de mieux comprendre leurs motivations. Ce n'est pas en se présentant comme scénariste et en leur promettant leur nom au générique qu'on peut les inciter à s'ouvrir. La célébrité, ils n'en ont plus rien à foutre. Les journaux de partout au pays en ont fait leurs manchettes durant des mois, sinon des années.

Cette fois, je ne sais pas encore à qui j'aurai affaire comme détraqué. Je n'en suis qu'aux présentations avec Lanctôt lorsque surgit un doute dans mon esprit. McGuiness m'envoie-t-il son ancien collègue pour mettre à l'épreuve ma loyauté, ou croit-il sincèrement que je puisse être le mieux qualifié pour faire ce boulot ? Il est vrai que notre collaboration fut passablement fructueuse. La lucidité de cet enquêteur — même s'il affectionnait particulièrement le houblon — rappellerait à n'importe quel cinéphile la performance du détective Jake Gittes dans *Chinatown*. Par la faute d'un malheureux hasard, notre amitié s'est trouvée hypothéquée. Mais pour que McGuiness ait pensé à moi dans le cadre de cette enquête, c'est sans doute qu'une certaine camaraderie existe encore.

— On a retrouvé une autre femme enceinte assassinée. Cela fait deux victimes en seulement quelques semaines, m'annonce Lanctôt avec un air grave en déposant son dossier sur la table alors que nous sommes installés sous la gloriette.

Toutefois, le tourment du jeune enquêteur ne se justifie pas tant par le nombre de meurtres que par la façon dont ils ont été commis. J'avais entendu parler de cette histoire ignominieuse à propos d'une femme découverte poignardée, à six mois de grossesse, sur un terrain vague. Mais là, la répétition du crime change la donne. La théorie de l'amant vengeur ne tient pas. Et il ne peut, non plus, s'agir d'une coïncidence. Dépassée par les événements et la tâche délicate qui lui incombait, la jeune recrue avait donc décidé d'aller chercher de l'aide discrètement. Lanctôt ne savait pas trop encore à quel saint se vouer... mais en requérant mes services, peut-être s'apprêtait-il à signer un pacte avec le diable. Il le découvrirait bien assez vite.

— Vous m'avez l'air convaincu qu'il s'agit du même tueur?

— Dans les deux cas, la mère a été poignardée et l'arme a dardé le fœtus du même coup, me raconte ensuite Lanctôt, ému, en ouvrant le dossier duquel il sort les photos des deux scènes de crime.

Le sergent semble troublé lorsqu'il me dévoile ces images. Je ne sais pas si c'est la vue du sang ou le regard perdu des victimes qui le perturbe le plus. Je suis toutefois surpris de constater la sobriété dont le tueur a fait preuve en abandonnant le corps des jeunes femmes. Un simple filet de sang échappé par une ouverture «plutôt chirurgicale» sur leur abdomen légèrement bombé. Malgré tout, la vue de ces futures mères poignardées a quelque chose de troublant. Je tuerais de mes mains le salaud qui a abattu ces femmes et leur progéniture. Si je reste insensible face à des motards ou des criminels qui s'entretuent, je ne peux tolérer qu'on s'en prenne à des innocents. McGuiness sait de quoi je suis capable devant une injustice. Notre collaboration, l'année précédente, a fait que nous sommes rapidement devenus des confidents, pour ne pas dire des complices.

— C'est une grande marque de confiance de la part de Piché de donner un dossier pareil à un jeune trentenaire. Vous avez de quoi être fier.

— Vous imaginez bien que je ne suis pas seul pour faire ce boulot. Une équipe m'assiste. Mais je sens que vous ne seriez pas de trop pour m'aider à mener cette enquête.

— Il reste que c'est une énorme tâche.

— Pour être franc avec vous, monsieur Quentin, je soupçonne le lieutenant Piché d'avoir trouvé ce moyen pour me mettre rapidement sur une voie d'évitement.

— Il cherche à vous tasser, c'est ça ? lui dis-je, pas le moins du monde surpris par la manœuvre de Piché.

— Je sens qu'au premier faux pas, il va me faire sauter, lance-t-il sur un ton de confidence.

— Et pourquoi ?

— Si j'ai obtenu ce poste, c'est parce que j'ai été pistonné par une connaissance.

— Et ?

— Piché m'avait exclu, mais les ressources humaines avaient aimé mon CV, et ensuite, mon entrevue. Il n'a jamais accepté qu'on outrepasse sa décision.

— Et si, plutôt, il ne blairait pas vos liens avec votre ancien patron, McGuiness ?

— Il n'était pas très friand de ma complicité avec McGuiness, mais je suis toujours demeuré loyal à la SQ et il le sait.

Lanctôt s'avance au-dessus de la table et regarde autour de lui comme s'il s'apprêtait à se confier :

— Ma femme sera bientôt enceinte de six mois. Il n'est pas question que je me défile, laisse-t-il échapper avec insistance. Je veux trouver cet enfoiré !

Le jeune sergent en fait donc une histoire personnelle. Je peux très bien imaginer l'appréhension qui le taraude chaque fois que son épouse quitte la maison. J'aurais été aussi anxieux et protecteur que lui. Sans compter que les tueurs en série sont souvent prêts à tout pour attirer l'attention sur leur crime. Il arrive même qu'ils communiquent avec les enquêteurs pour les narguer.

— Vous n'avez aucune piste, aucun indice? lui demandé-je, empressé.

— D'après la médecin légiste, le travail aurait été fait avec un couteau chirurgical de résection couramment utilisé pour retirer des organes ou couper des tissus. On s'en servirait aussi pour les césariennes dans les salles d'opération. Et le tueur devait s'y connaître puisque, chaque fois, il l'a planté directement dans les organes vitaux de l'enfant.

Brandissant la photo d'un bistouri, Lanctôt poursuit pour démontrer qu'il maîtrise bien son dossier:

— J'ai demandé à Benoît, un de mes adjoints, de vérifier où on peut se procurer ce genre de couteau. Il n'est offert en vente libre sur aucune plateforme. Il a probablement été volé dans une salle d'opération, dans un hôpital ou une clinique. Mais essayer de trouver où il aurait été dérobé serait comme chercher une aiguille dans une botte de foin.

— Aucune trace d'ADN?

— Rien. Je crois que c'est du travail de pro, me répond Lanctôt.

— Qu'entendez-vous au juste par «pro»? Un tueur professionnel ou un professionnel de la santé?

— Et si c'était les deux?

— Possible, mais est-ce que j'ai raté quelque chose où il n'y a eu aucune agression sexuelle? demandé-je, curieux qu'il n'en ait pas été question.

— Aucune trace de violence de ce côté. Mais les victimes auraient été endormies avec du propofol avant d'être asphyxiées à l'aide d'un sac de plastique opaque qui enveloppait toujours leur tête quand elles ont été trouvées. C'est le manque d'air qui a provoqué l'arrêt cardiaque. Quant au coup de couteau, il s'agirait de la signature du meurtrier.

J'ose jeter à nouveau un regard à certains clichés. Une scène de crime est souvent dépouillée et insolite. Les terrains vagues où reposaient les corps des victimes n'inspirent rien de poétique.

Des tessons de bouteilles de bière, des débris de bitume et des verres en carton de Tim Hortons jonchent le sol, parmi les pissenlits et les orties. La réalité est toujours plus grossière que sur un plateau de tournage, où le scénographe enjolive souvent les scènes de crime. Ce souci esthétique de la direction artistique finit parfois par m'agacer autant que les effets spéciaux. Comme si des éclaboussures de sang et de cervelle pouvaient former des tableaux d'art abstrait prêts à être exposés dans les galeries du centre-ville.

— Je ne crois pas que le tueur soit un homme sadique, réfléchit ensuite tout haut le jeune enquêteur.

— Vous en êtes bien sûr ?

— Il n'a pas tué ses victimes alors qu'elles étaient conscientes. J'en déduis donc qu'il ne voulait pas les faire souffrir.

— C'est une façon de voir, répliqué-je.

Mais je ne suis pas du tout certain de ce raisonnement. Tuer à répétition n'est en aucun cas comparable à donner l'aide médicale à mourir. C'est mettre fin à la vie d'un individu sans son consentement après l'avoir contraint par la force et même séquestré. Ces malheureuses victimes ont sans doute eu le temps de voir venir leur mort. Si ce n'est pas faire souffrir, c'est quoi ?

Dans *American Psycho*, Christian Bale incarnait le rôle de Patrick Bateman, un dandy, riche et intelligent, qui détestait, entre autres, les pauvres et les homosexuels. Et il tuait aussi ceux qui le faisaient se sentir incompétent. Bateman avait de réels problèmes psychotiques. Mais cette fois, qu'est-ce qui peut bien motiver l'assassin ? Tout est à réfléchir. Nous partons d'une page blanche. Comme celle d'un scénario à venir.

Pointant la photo d'un gros plan de la lésion d'une des victimes, Lanctôt poursuit son rapport d'analyse :

— Le tueur connaît l'anatomie du corps humain et semble aussi être minutieux.

— Je peux savoir ce qui vous permet de faire une telle affirmation? demandé-je en m'avançant au-dessus de la table qui nous sépare.

— En approfondissant l'autopsie, Josiane, la médecin légiste, a remarqué une petite trace d'encre où le couteau a été planté. Comme si le meurtrier avait dessiné une cible pour s'assurer de s'en prendre à l'enfant.

— C'est odieux!

— Comme il s'agit de femmes enceintes, je serais porté à croire que le tueur travaille en obstétrique. Un médecin, un technicien ou un infirmier, peut-être?

— En tout cas, un tueur à ses débuts, dis-je.

— Et pourquoi?

— La plupart des meurtriers en série font leurs premières victimes entre l'âge de vingt et trente ans. Je ne crois pas qu'un médecin en fin de carrière puisse se déclarer tueur en série…

— Bonne observation, monsieur Quentin. Je vais demander à mon équipe de recenser principalement les plus jeunes.

— Je vous en prie, Patrick… Si nous devons collaborer, appelez-moi Hubert.

Calé dans mon fauteuil pour réfléchir un moment, j'essaie d'imaginer le meurtrier en train de transpercer sa victime, mais il me revient sans cesse à l'esprit une des scènes les plus traumatisantes de *Saving Private Ryan*, celle où un soldat allié se fait poignarder par la baïonnette d'un Allemand. Un geste empreint de haine et de violence à nous faire casser les dents.

— Il s'agit peut-être d'une vengeance, lance aussitôt Lanctôt, comme s'il tentait de me faire parler.

— Quand on tue pour punir, on ne ménage pas la violence. Et comme vous l'avez déjà mentionné, l'assassin ne s'est pas acharné sur ses victimes, rétorqué-je.

— S'il ne les a pas tuées par vengeance, quel serait alors son motif?

— Peut-être est-il simplement psychotique? osé-je.

— Même si le fonctionnement du cerveau de l'assassin était affecté, et même s'il entendait des voix, cela ne l'empêcherait pas d'avoir une fixation causée par un quelconque traumatisme. Il a besoin de tuer.

On voit bien que Lanctôt n'a pas seulement obtenu un diplôme de l'école de police en faisant des pompes. Au fil de la discussion, j'apprends qu'il a fait une maîtrise en psychologie avec une thèse en profilage criminel psychosocial. Mon jeune protégé n'est pas aussi crédule qu'il le laisse paraître. Je comprends maintenant pourquoi la SQ tenait tant à lui offrir ce poste.

— Et cette autre photo, c'est quoi au juste ? demandé-je en jetant un coup d'œil au cliché qu'il ne m'avait pas encore montré.

— La police scientifique aurait trouvé des traces de pas autour de la dernière victime. Pointure 10 d'homme... Des semelles de type espadrille auraient été identifiées, plus spécifiquement un modèle bon marché pour la course à pied qu'on trouve dans les grandes surfaces.

— Excellent ! Ça pourrait également confirmer que l'homme est jeune et qu'il vient de se mettre au jogging, pensé-je tout haut.

— Et qu'est-ce qui vous dit qu'il se met à peine à la course à pied ? ajoute-t-il, l'air curieux.

— Un joggeur d'expérience ne court pas avec des chaussures bon marché. S'il a ne serait-ce qu'un peu d'expérience, il en choisit des plus performantes.

— Bien vu, Hubert. Je n'y avais pas pensé.

Avant de poursuivre, Lanctôt jette un coup d'œil autour de lui :

— Écoutez... Je ne veux pas ambitionner sur votre temps précieux. Aussi bien vous le dire, je ne dispose d'aucun budget. Et votre collaboration devrait demeurer anonyme. Personne ne doit être au courant.

— Rassurez-vous, je ne travaillerai jamais avec un corps policier contre une rémunération. Je préfère ne pas avoir les mains liées. Je me contenterai d'en tirer des idées pour documenter un éventuel projet d'écriture.

— Alors, vous accepteriez de m'aider? me demande-t-il candidement.

Je ne vais quand même pas lui dire «Je suis maintenant à la retraite». Je ne peux pas non plus prétexter que je ne ressens pas le besoin d'assouvir une quelconque envie d'élucider une histoire de meurtre. Celle-ci m'obsédait avant même que j'en connaisse tous les détails. Je lui serre donc la main, une menotte à la fois délicate et déterminée. Bien que Lanctôt ne soit pas le policier le plus baraqué de la SQ, son intelligence et son ardeur compensent amplement. On dirait Matt Damon dans *Good Will Hunting*. Je ne doute pas un seul instant de la portée de notre future collaboration. Nous convenons ainsi de nous revoir dans les prochains jours pour poursuivre nos échanges.

En attendant, il me presse d'aller transcrire tout ce qui a pu ressortir de cette rencontre. Qui sait, elle constituera peut-être le début d'un nouveau récit, une histoire de meurtres dont je ne connais pas encore les rebondissements.

3

HABITUELLEMENT, une idée doit sommeiller au moins quelques semaines, sinon quelques mois avant que je tente de rédiger une première version de synopsis. Il faut toujours se méfier des faits divers. Parfois, il ne s'agit que d'éblouissements passagers qui ne mènent nulle part. Mais là, un psychopathe en liberté qui court les rues de la ville en quête de futures mères à six mois de grossesse est un sujet de scénario qu'on m'offre sur un plateau d'argent. Et c'est sans compter ce jeune policier cherchant ultimement à protéger sa propre femme. Avec sa barbichette de quelques jours, soigneusement taillée au moyen d'une tondeuse à gabarit, il me rappelle les enquêteurs de la série *Miami Vice*. Toute cette histoire me mine et en même temps m'exalte. Florence disait de moi que j'étais parfois un peu fêlé. Mais sans doute faut-il l'être pour s'inspirer d'un sujet aussi affolant.

De retour à mon bureau, où je renoue avec le claquement du clavier et le clair-obscur de l'écran d'ordinateur, je révise les notes sur l'autopsie de la dernière victime et jette un nouveau coup d'œil aux photos sinistres que Lanctôt m'a laissées. Même si ces femmes n'ont pas été outragées et défigurées, la vue de leur ventre perforé suscite l'aversion. M'intéresser trop vivement à cette pornographie du mal risquerait de freiner ma créativité. Je préfère m'imaginer des choses horribles que de les constater dans la réalité. C'est aussi affolant, mais moins perturbant. J'espère que Lanctôt ne regarde pas ces photos le soir parce qu'il va finir insomniaque. J'ai d'ailleurs remarqué que ses yeux étaient légèrement cernés. Les responsabilités liées à une telle enquête entraînent probablement chez lui un manque de sommeil. J'ai été à même de constater à quelle vitesse il enfilait les tasses de café. Nul doute que pour garder l'œil ouvert, il carbure à la caféine, quand même moins dommageable que la cocaïne ou l'ecstasy.

Puisque je suis un vilain petit scénariste, il va de soi que Lanctôt sera le personnage principal de mon nouveau récit. Il m'était passé par l'esprit de reprendre le collier en tant que protagoniste, comme ce fut le cas dans ce que je croyais être mon dernier scénario, mais j'ai jugé que cette mission appartenait cette fois au jeune enquêteur. Me contenter d'un rôle de soutien me délivre d'un poids. Ça devient suffocant d'écrire une histoire à la première personne. Au moindre faux pas, à la moindre pensée impure, le scénariste passe pour un pervers aux yeux des critiques, qui s'acharnent sur son « je » ou son « soi ». On se demande par ailleurs si telle scène libidineuse ou immorale est fictionnelle ou tirée de la réalité, question de pouvoir éventuellement traiter l'auteur d'obsédé. Quand on fait du cinéma, rien n'est vrai. Même si rien n'est complètement faux non plus.

La caméra sera tournée cette fois en direction de Patrick Lanctôt, rebaptisé Victor, un prénom tiré du latin qui signifie « vainqueur ». Car cela va de soi que le héros doit sortir victorieux de cette histoire. Il semblerait aussi que les Victor soient des êtres ambitieux et courageux. J'ai donc arrêté mon choix sur le sergent Victor Langdeau. Ce n'est pas une anagramme de l'autre patronyme, mais la consonance est à s'y méprendre. L'enquêteur de mon scénario est une jeune recrue frêle et candide, mais son regard est intelligent. Il n'a pas la tête de l'emploi, et cela lui apporte un côté sympathique. J'aime les rôles de ce genre. Ça rend souvent une histoire moins convenue et plus colorée. Ce fut le cas pour John Travolta, égérie des années 1970. Qui aurait dit que ce danseur disco qui avait atteint son apogée dans *Saturday Night Fever* aurait pu un jour incarner Vincent Vega, un tueur sinistre dans *Pulp Fiction*? Tarantino a relancé la carrière de l'acteur avec ce rôle. Au premier abord, Lanctôt pourrait sembler trop fragile et inexpérimenté pour occuper ce poste. Mais j'ai ensuite senti à quel point il tenait à résoudre l'énigme des meurtres, non pas pour se faire du capital professionnel, mais pour éviter que cette tragédie n'arrive à d'autres femmes, dont la sienne. La cause est noble. Il ne fait pas de doute qu'il se lancera corps et âme dans cette enquête et qu'il commettra des erreurs élémentaires qu'on lui pardonnera finalement grâce à son dévouement. Tout le monde aime les héros vulnérables, moi le premier.

J'imagine que la SQ sera agacée que je fasse une fois de plus référence à elle dans cette nouvelle histoire. Il est vrai que mes derniers démêlés avec ce corps de police ont fait des vagues. Mais je n'y peux rien. Le récit se déroule à nouveau sur un territoire qui relève de sa juridiction. Et il se trouve que mon héros est un des leurs. D'ailleurs, pour le moment, ma principale préoccupation est d'analyser plus en profondeur la personnalité de mon jeune loup, en apparence trop parfait. Car si j'entends faire de Lanctôt mon protagoniste, ça ne signifie pas pour autant qu'il sera blanc comme neige. Tout le monde a des squelettes dans le placard. Et c'est bien ce que je vais m'employer à imaginer pour le rendre un peu plus difficile à cerner.

Si je n'en suis pour l'instant qu'à quelques idées, l'une d'elles me paraît particulièrement tenace, et pourrait m'aider à créer un synopsis efficace dont je connais déjà le dénouement. J'ai découvert que certains hommes souffraient de maïeusophilie, un mot savant renvoyant au fait de ne ressentir d'attirance sexuelle que pour les femmes enceintes. Il faut être vraiment tordu pour être exclusivement excité par des femmes en pleine grossesse. Et en plus de souffrir de ce trouble, le tueur de mon scénario pourrait être stérile. Évidemment, comme dans tous les cas de psychopathie, personne dans son entourage ne serait en mesure de déceler sa vraie nature. Il dissimulerait sa véritable personnalité et nous apparaîtrait aussi sympathique qu'un bon voisin.

À l'opposé, dans l'enquête qui requiert mon expertise, le tueur que nous pourchassons ne peut que détester les femmes qu'il assassine. Que peut bien chercher ce détraqué en les poignardant de la sorte ? Que trouve-t-il de satisfaisant dans l'idée de tuer un fœtus et sa mère ? Le meurtrier ne peut quand même pas être attiré par les femmes enceintes de six mois dans le seul but de les supprimer. Les tueurs en série ont tous leur démence, mais si celui-ci cache le visage de ses victimes, ça ne peut être que parce qu'il ressent de la honte pour ce qu'il fait. Je finirai bien par le découvrir. Ce qui m'importe pour l'instant, c'est de m'assurer de ne pas confondre cette enquête et le scénario qu'elle m'inspire. Dans le feu de l'action, j'ai parfois tendance à m'embrouiller et à ne plus distinguer la réalité de la fiction. Toutefois, cela ne change rien au personnage de tueur que j'ai choisi dans ma propre histoire. Personne ne peut s'imaginer ce que j'ai en tête. Je ne laisse jamais transparaître d'indices qui pourraient compromettre le suspense. Jusqu'au troisième acte, je ne fais que semer des pistes que l'on finit ultimement par rattacher en réalisant que tout était là bien que l'on n'ait rien vu venir. En fin de compte, quelle histoire sera la plus percutante, celle que j'écris ou celle du psychopathe dont on suit actuellement le massacre dans les journaux ?

4

PATRICK LANCTÔT se présente chez moi avec moins d'hésitation qu'à notre première rencontre. Nous nous installons à nouveau à l'extérieur pour profiter du beau temps. Il essuie brièvement la chaise sur laquelle il s'assoit pour s'assurer de ne pas salir ses vêtements de ville. Je ferais peut-être de même si j'étais si proprement vêtu. Mais je ne porte plus que des jeans ou des bermudas bon marché depuis que j'ai repris les tâches ménagères qu'impose la saison estivale. Je l'ai aussi aperçu de la maison alors qu'il essuyait la vitre de la table avec un papier-mouchoir avant d'y déposer sa tablette Android. On jurerait le personnage de Melvin dans *As Good as It Gets*. Je ne sais pas s'il s'agit d'un contrecoup de la pandémie ou si Lanctôt est un aseptisé de type 2, mais ça m'amuse de l'observer un moment. Après tout, c'est mon protagoniste.

Alors que McGuiness acceptait volontiers de la bière et du brandy, le jeune enquêteur se contente à nouveau de café. J'en déduis qu'il ne veut pas perdre sa concentration dans cette affaire le liant au tueur en série qui court dans les rues de l'ouest de l'île.

Et puis, c'est aussi un athlète. Malgré sa taille, sous sa chemise, ses biceps semblent relativement développés. Pas une once de gras non plus à l'abdomen. Je ne me rappelle pas avoir un jour été si svelte. Il est vrai que, déjà à son âge, je préférais passer mon temps à refaire le monde au bistro plutôt qu'à gonfler mes muscles dans un gym en fleurant la transpiration des autres.

— Rien de nouveau de votre côté, Hubert ? demande Lanctôt.

— Rien de concluant. En révisant vos notes, j'ai réalisé que les deux victimes faisaient sensiblement le même poids. Même leurs tailles étaient semblables. L'une mesurait 1 mètre 64 et l'autre, 1 mètre 66. Et en plus, elles étaient toutes les deux châtaines.

— Si les victimes étaient grandes ou petites, on pourrait y accorder de l'importance, mais il s'agit de la taille moyenne d'une femme. Ça ne peut pas être une piste. Même chose pour les cheveux. Une femme sur deux est châtaine, ajoute-t-il.

— Vous avez sans doute raison, dis-je en me demandant si cette donnée ne pourrait pas être utile dans mon scénario.

Le tueur de mon histoire pourrait avoir un penchant pour un profil particulier, comme les beautés charnues. Il est vrai qu'une femme au sixième mois de sa grossesse est souvent encore plus séduisante. La rétention d'eau et la pression sanguine font gonfler la poitrine et rendent aussi les lèvres pulpeuses et attrayantes. Je connais bien des actrices de cinéma qui paient cher en injections d'acide hyaluronique et de Botox pour obtenir le même résultat.

— Ce qui n'empêche pas que notre tueur puisse fantasmer sur un type de femme en particulier. Probablement en lien avec une figure féminine au cœur de sa vie, ajoute-t-il comme s'il avait déjà envisagé cette piste.

— Si je peux me permettre, Patrick… Comme les deux victimes n'ont pas été agressées sexuellement, j'aurais tendance à exclure le mot « fantasmer » de votre évaluation.

— Je ne parlais pas de fantasmes sexuels, mais plutôt de l'accomplissement d'un désir inconscient, précise-t-il.

J'avais oublié. Le jeune enquêteur connaît le sens des mots. Et cela renforce l'idée que mon personnage principal n'est pas dénué de connaissances. J'aime les gens lettrés qui, par surcroît, se passionnent pour leur métier. Lanctôt semble de ceux-là. McGuiness m'avait vanté abondamment la compétence de son protégé, à l'époque où il était son assistant. Je comprends mieux aujourd'hui pourquoi Piché voudrait l'éliminer. Il représente une menace pour son poste. Probablement s'imagine-t-il déclassé par ce subalterne talentueux. Pour ma part, j'ai toujours préféré m'entourer de jeunes plus habiles que moi. La nouvelle génération de réalisateurs, même s'ils utilisent des technologies et des terminologies qui témoignent parfois de mon ignorance, me stimule plus qu'elle ne m'effraie.

— Je peux vous poser une question personnelle, Hubert ? demande Lanctôt en s'appuyant sur ses coudes.

— Allez-y.

— Comment en vient-on à imaginer des personnages aussi marquants que les vôtres ?

— Je suis un être curieux. Je m'intéresse beaucoup aux gens qui m'entourent. Je m'en inspire. Souvent sans qu'ils le sachent.

— En tout cas, vous semblez avoir connu toutes sortes de phénomènes, dit-il sur un ton léger en sous-entendant le côté perfide ou malveillant de plusieurs personnages. Celui de Léonard dans *Le gardien* avait l'habitude de secouer les mains quand il faisait des colères.

— Les gens n'ont d'intérêt pour moi que s'ils sont un peu en marge de la société. Les êtres unidimensionnels ou sans couleur passent la plupart du temps sous mon radar.

— Quelle est votre dernière victime ? s'informe-t-il, curieux.

— Ce n'est pas aussi systématique. Bien des gens peuvent faire partie de mon arsenal de personnages. Juste vous, Lanctôt, une recrue, en apparence placide, dans cette jungle intimidante de la SQ… C'est inespéré pour moi !

— Vraiment? fait-il d'un air amusé. Dois-je en déduire que je pourrais être un personnage de votre prochain scénario?

— Pourquoi pas le héros?

Lanctôt agite la tête en souriant. C'est la première fois que je vois ses dents, presque manucurées tellement elles sont blanches et disposées avec perfection.

— Je ne suis pourtant pas quelqu'un qu'on remarque.

— Vous n'êtes pas sans intérêt. Au contraire. Même si vous semblez être un solitaire… Je me trompe?

— J'étais enfant unique. On m'a habitué à tout faire seul.

— Ce qui implique probablement que vous ne côtoyez pas beaucoup vos compagnons de travail.

Je sens le jeune Lanctôt piqué par cette hypothèse. Il prend son temps pour me répondre ou, à tout le moins, pour nuancer mes propos.

— Ma maîtrise en psychologie en agace certains, c'est vrai. Mais je crois qu'on me méprise injustement, m'avoue-t-il avec humilité. Je ne suis pas si *loner* qu'on peut se l'imaginer. Je suis très sociable. C'est d'ailleurs moi qui organise les 5 à 7 au bureau.

J'aime toujours en savoir le plus possible sur ceux qui inspirent mes personnages. Et je remarque que les gens s'ouvrent généralement pour être certains que je ne ferai pas d'eux un portrait erroné.

— Être en retrait ne signifie pas pour autant être antisocial. Vous êtes indépendant, c'est tout. Probablement que vous ne ressentez pas le besoin d'exprimer vos états d'âme.

— Je ne sais pas d'où vous sortez ça, mais vous m'épatez, Hubert! lance le jeune agent, abasourdi par la description que je viens de faire de lui.

Ce qui intéresse les spectateurs, au-delà de l'histoire mise en scène, ce sont bien les personnages. On aime s'identifier à eux et s'y attacher, ou même les détester. Qui n'a pas adoré voir le sadisme du *Joker*? Sans lui, *Batman* n'aurait jamais réussi à se démarquer.

Fanny vient nous saluer alors que nous sommes à nouveau installés dans la cour sous un parasol. Par politesse, Lanctôt ne se montre pas trop distrait par la jeune femme, pourtant vêtue d'une robe soleil en popeline qui épouse avantageusement ses jolies formes.

— Je ne voudrais pas être à votre place, Patrick. Mais je suis certaine qu'Hubert fera tout pour vous aider, lui dit Fanny avec compassion.

— Je lui en suis très reconnaissant, répond timidement l'enquêteur.

— Je vous laisse travailler. Je dois aller faire une course à l'épicerie, dit Fanny en me tapotant affectueusement l'épaule avant de quitter les lieux à vélo pour se rendre au village, à deux kilomètres.

Cette femme a beau avoir une vingtaine d'années de moins que moi, comment peut-elle se lever chaque matin comme si elle était en vacances en bord de mer ? J'ai probablement besoin de cette fraîcheur pour travailler sur des événements tragiques. Lanctôt aussi est de bonne compagnie. Il faut dire que nos échanges alimentent autant l'enquête que le personnage sur lequel je planche depuis quelques jours. Plus je l'observe, plus j'apprends à le connaître. Je suis même arrivé à lire ses silences. Alors que je reviens de la maison avec un cigarillo Davidoff vissé entre les lèvres et un autre café noir pour mon visiteur, je le regarde en train de parler au téléphone. Il marche et s'éloigne en direction de la dépendance pour plus de discrétion. Un homme ne répond pas à sa femme comme à son patron. Lanctôt a changé de ton. Il n'y a rien de léger dans sa façon de s'adresser à son interlocuteur. Ses épaules s'écroulent tranquillement. Il lève les yeux vers le ciel avant de se tourner vers moi, inquiet. Il incline la tête, l'air dépité. On vient de trouver une troisième victime.

5

PISSER EN FORÊT est un moment de liberté qui me relaxe. Je prends le temps de contempler certains arbres que Florence avait baptisés à l'époque où elle vivait. Je suis devant son « Rosario », un cerisier noir nommé ainsi à cause de ses multiples bosses hémisphériques. Ça lui rappelait un de ses oncles qu'elle disait affublé de ce genre d'excroissances. Un bruant s'est niché entre ses branches et fredonne sa chanson, toujours la même. Marcher ensuite dans les fougères et le bois sec, qui craque sous les bottes, et respirer l'air pur embaumé par les cèdres et les pruches qui jonchent la montagne me permettent de réfléchir posément aux images tragiques qui ont récemment marqué mon esprit.

C'est aussi l'occasion de penser à mon histoire. J'ai déjà quelques idées, mais encore rien pour la conclure. Je ne commence jamais l'écriture d'un scénario sans en connaître la fin. Tout doit contribuer à conduire le récit à ce résultat. Autrement, ça serait un peu comme prendre l'autobus sans savoir à quel arrêt on souhaite descendre. Si j'y relate des faits de l'enquête dans laquelle je suis maintenant engagée, ce n'est pas ce qui prédomine dans l'histoire. J'attribue encore plus d'importance aux personnages qu'aux intrigues. Comme toujours, j'essaie de faire en sorte que ce soit eux qui guident l'évolution des événements. Il arrive même, parfois, que l'un d'eux soit en désaccord avec moi et me le signifie en faisant la grève. Je le comprends assez rapidement lorsque je suis en panne d'inspiration.

Pour m'assurer que la tuerie au centre de mon récit est crédible, j'ai passé quelques nuits à ressasser mes notes sur les principaux psychopathes qui ont un jour marqué l'histoire et ébranlé la planète par leurs meurtres sordides. Ed Gein, connu aussi comme « le boucher de Plainfield », fut probablement le plus célèbre. Il tuait des femmes et se confectionnait des vêtements avec leurs restes. Il a inspiré plusieurs films, dont *Psychose*, d'Alfred Hitchcock. Ted Bundy en est un autre qui ne donne pas sa place. On disait de lui qu'il était rusé et d'une personnalité attachante. Il aurait déclaré avoir fait trente victimes, mais on lui en attribue une centaine. On a tardé à l'inculper parce qu'on jugeait que ce jeune avait l'air trop intègre pour pouvoir commettre des meurtres si odieux. C'est ce qui rend souvent difficile la capture des psychopathes. Contrairement aux sociopathes, qui sont moins stables émotionnellement, ils ont une propension à se fondre dans le décor et à ressembler à des personnes normales. Ce sont des tueurs intelligents et organisés, capables de préparer méticuleusement leurs crimes, comme ça semble être le cas du « nôtre ». Richard Ramirez, un fou de la même espèce, se différenciait des autres psychopathes puisqu'il s'en prenait à n'importe qui, sans préférence. Ses victimes pouvaient avoir neuf ou quatre-vingt-trois ans, il s'en foutait : tout ce qu'il voulait était d'assouvir son besoin de tuer. Fait important, mes recherches m'ont amené à conclure que la plupart des psychopathes ont un passé marqué par la violence. Leur tempérament se développerait durant l'enfance, et cet aspect de leur personnalité serait réprimé jusqu'à leur premier crime. Le cas de Ramirez est flagrant puisqu'à l'âge de onze ans, il aurait vu son cousin tuer sa femme, et aurait ensuite été contraint de nettoyer les lieux du crime. Imaginez un enfant de cet âge, forcé de torcher des lambeaux de cervelle et de récurer de la céramique souillée de sang. Je n'ai jamais recours à des détails à ce point graveleux dans mes scénarios. D'abord, parce que mon producteur me l'interdirait — il est allergique à tout ce qui est horrifiant. Alban prétend aussi que la clientèle des thrillers et des films policiers n'est pas friande de ces scènes répugnantes.

J'ignore si c'est parce que j'amorce ce nouveau scénario en même temps que l'enquête sur la mort des jeunes femmes, mais je réalise que le travail est totalement différent. Alors qu'habituellement, j'imagine des personnages en empruntant ici et là des tempéraments à des gens qui m'entourent, dans le cadre de l'enquête, je dois procéder inversement en spéculant sur le genre de traumatisme vécu par un individu qui tue des femmes enceintes de six mois, un casse-tête auquel il semble encore manquer trop de pièces pour pouvoir déterminer une quelconque avenue à explorer.

Bien qu'elles tournent autour du besoin de tuer, les histoires de psychopathes sont toutes différentes. Chacun a sa folie. Tout comme Hannibal Lecter dans *Le silence des agneaux*, Jeffrey Dahmer se démarquait par son cannibalisme. On avait découvert des têtes humaines dans son frigo. D'autres, comme le «Tueur du Zodiaque», et également Dennis Rader, avaient la particularité de badiner avec les médias. Notre psychopathe doit être aussi cinglé que tous ces tueurs.

Je crains bien que ma collaboration à cette enquête soit un cadeau empoisonné, car, tout comme un acteur, je dois me mettre dans la peau de ce fou pour comprendre ses agissements et sa motivation. Et il arrive parfois que je sois incapable de sortir de la psychologie du personnage, et ce, jusqu'à en perdre la raison. Quand j'écris, rien ne m'importe davantage que l'histoire qui m'obsède. J'ai prévenu Fanny qu'il se pourrait que durant cette période je devienne un peu dément, ce qui finit souvent par affecter les gens qui m'entourent. Elle s'est contentée de rire. Comme si notre amour la mettait à l'abri de ce délire. Aurait-elle déjà oublié mon entêtement de l'automne dernier, quand elle m'a quitté parce qu'elle me soupçonnait d'être un criminel responsable de la disparition d'un homme ? Si c'est le cas, elle ne tardera pas à s'en souvenir lorsque je serai en mode « écriture », car scénariser fait de moi un fabulateur en conflit permanent avec ses proches. Trente années ont été nécessaires à Florence pour s'habituer à mes caprices d'auteur.

6

J'attendais que l'été s'installe pour rendre visite à mon voisin Robert McGuiness. Je viens m'assurer que notre amitié existe encore. Je n'aurais pu espérer une accolade aussi enthousiaste. Il faut dire que j'ai cette foutue habitude d'imaginer des intrigues où je me rends coupable de tout et de rien. Devais-je, d'entrée de jeu, le remercier d'avoir mis Patrick Lanctôt sur mon chemin ? Si je suis tombé dans le panneau, c'est bien à cause de lui. L'ancien enquêteur s'est récemment converti en pomiculteur par amour pour Marilou, une femme qui l'a ensorcelé avec ses yeux moqueurs et son brandy de pomme.

Nous nous sommes assis à l'abri du soleil, dans le verger devenu sa nouvelle maison. Pas question d'aborder le sujet — pour ne pas dire la situation délicate — qui aurait pu jadis nous diviser. Et puis, j'ai été amnistié par McGuiness. Le lieutenant Piché de la SQ, qui n'a jamais réussi à trouver de preuves m'incriminant dans l'affaire de la disparition de mon courtier, entretient des sentiments malveillants à mon égard qui me comblent de bonheur. McGuiness, qui a aussi eu à l'affronter dans le passé pour des raisons personnelles, ressent le même plaisir que moi à le mépriser. Normal, Piché lui a piqué sa femme après vingt ans de mariage. On dit qu'un vrai ami déteste les mêmes gens que vous. McGuiness et moi partageons cette antipathie envers Piché, mais plus important encore, nous sommes liés jusqu'à la mort par un secret qui ne regarde personne. Une bière fraîche à la main, sans tourment apparent, sinon quelques corneilles qui ne cessent de se chamailler, nous échangeons sur la tuerie qui nous réunit après un hiver calme et sans tracas.

— Je ne sais pas si je pourrais encore faire ce métier, lance McGuiness en fixant droit devant lui comme s'il espérait y trouver une quelconque réponse.

L'inspecteur retraité en a pourtant vu de toutes les couleurs durant sa carrière à la SQ. Il était un agent rusé et dégourdi. Mais il reconnaît n'avoir jamais eu à affronter ce genre d'hécatombe.

— On s'est longtemps cru à l'abri de ce type de violence plutôt répandue au sud de nos frontières. Elle a fini par nous rejoindre, ajoute-t-il.

— Je pense qu'elle ne vient ni du sud ni du nord, mon cher McGuiness. Je crois plutôt qu'elle vient de l'intérieur. Ce genre de folie peut apparaître partout où il y a des hommes.

— Comment ça se passe avec Patrick? Parle-moi un peu de votre collaboration, s'enquiert mon voisin.

— Pour être franc avec toi, McGuiness, je ne suis pas certain d'être le meilleur atout pour ton homme. Il est lui-même diplômé en profilage criminel. J'ignore ce que je peux vraiment lui apporter.

— Je ne doute pas un instant que Patrick possède les ressources pour comprendre le meurtrier. Mais en lui recommandant tes services, je souhaitais justement lui faire voir les choses dans une autre perspective. Tu es un profileur naturel, le mentor idéal pour lui montrer que les théories ne remplaceront jamais l'intuition. L'imagination ne s'apprend pas à l'université dans un cours de criminologie. Il faut savoir éveiller l'instinct de guerrier en nous. Et tu es le mieux placé pour lui enseigner ces choses-là.

Au fond, ce que McGuiness attend de moi, c'est que je sois pour Lanctôt une sorte de Monsieur Keating, le professeur incarné de façon magistrale par Robin Williams dans *Dead Poets Society*, celui qui ouvre les horizons et dont les pratiques sont aussi originales qu'anticonformistes.

— Il m'arrive de penser que ton jeune loup est peut-être un peu fragile pour engager pareil combat, lui avoué-je.

— Je ne t'aurais pas envoyé quelqu'un en qui je ne crois pas. Patrick en a vu d'autres. Il est brillant. Même que je dois reconnaître que Piché — que j'ai détesté bien avant que tu en fasses autant — a fait le bon choix en lui confiant cette enquête.

— En tout cas, grâce à toi, j'ai repris du service. Je bosse sur un nouveau projet de scénario qui m'obsède du matin au soir. Comme dans mes belles années !

— Ça raconte quoi, au juste ?

— Le récit tourne autour d'un scénariste que la police consulte pour qu'on l'aide à résoudre une tuerie.

— Ça me dit quelque chose, ça, me répond McGuiness sur un ton moqueur.

— La comparaison avec l'enquête en cours s'arrête là. Le tueur de mon histoire agresse sexuellement ses victimes. Je n'en suis encore qu'au début, mais ça s'en vient. Tu n'as pas idée comment ça m'occupe l'esprit.

— C'est ce que souhaitait aussi Fanny quand elle est passée saluer Marilou il y a quelques semaines, échappe-t-il sans savoir que je n'étais au courant de rien.

Je devinais bien que Fanny me trouvait trop peu engagé ces derniers temps. Sans doute craignait-elle que j'aie perdu le feu sacré, ou pis encore, que mes neurones se soient mis à se nécroser. Je rigole intérieurement en réalisant qu'elle s'est confiée à notre voisine alors qu'elle n'avait jamais évoqué le sujet avec moi. Était-ce simplement par délicatesse, ou pour s'assurer que ses craintes viendraient à l'oreille de McGuiness ? Je ne le saurai peut-être jamais.

Incapable d'attendre le week-end pour la revoir, je me présente quelques heures plus tard au service d'infirmerie du CLSC de Vaudreuil-Dorion. La porte est ouverte. Je ne sais pas si c'est le bon moment pour lui faire coucou. Je la surprends en pleine réunion avec un collègue calé dans sa chaise et visiblement trop décontracté pour que ce soit un échange professionnel. Il flirte avec elle, ça se voit. J'ai cru l'entendre dire: «Je n'ai jamais vu une fille comme toi.» Je sais quand un homme fait des compliments pour séduire une femme et l'avoir dans son lit. Je connais bien ce genre d'animal. Je me sens un peu comme Lester dans *American Beauty* lorsqu'il découvre Carolyn, son épouse, au service à l'auto en train de batifoler avec son amant. Fanny se redresse rapidement et prend quelques couleurs en m'apercevant tout sourire dans l'embrasure de la porte. C'est généralement la crainte que les apparences soient jugées par les autres qui nous met dans cet état. Un afflux de sang nous monte soudainement au visage, laissant une sensation de chaleur difficile à cacher. Ma belle infirmière se lève malgré tout et vient m'embrasser sur la joue. Peut-être cherche-t-elle à me rassurer? Mais de quoi? La jalousie est un sentiment que je combats, car c'est une preuve que notre amour-propre surpasse notre amour pour l'autre. N'empêche que ça me ronge de la voir en compagnie d'un jeune et charmant médecin. Il porte fièrement son stéthoscope au cou comme si c'était un collier griffé pour signifier à son entourage qu'il est dans une classe à part et qu'il mérite, quoi qu'il arrive, le respect. Ou peut-être serait-il venu l'ausculter pour voir s'il lui fait de l'effet? Je n'aime pas les professions libérales, et encore moins les privilèges qui vont avec. Les médecins se font en plus appeler «docteur» pour ajouter de la noblesse à leur fonction, s'assurant ainsi qu'on leur porte respect. Je les exècre tous autant qu'ils sont. Les avocats également. En fait, tous ceux qui portent un titre professionnel suscitent habituellement chez moi le même effet de répulsion, pour ne pas dire d'antipathie.

Fanny fait les présentations. Mais pour éviter d'entendre le titre princier du jeune médecin, je la devance en lisant son nom, « Dr Laurent Dumont », brodé à son sarrau.

— Enchanté, Laurent, lui dis-je en forçant un sourire.

Il me renvoie la politesse en s'adressant à moi comme à un grand-père. Un peu plus et il hausse le ton pour me convaincre que je suis un vieillard. Concluant que je suis peut-être son adversaire, Laurent Dumont prétexte à la blague avoir un stérilet à installer et nous laisse à notre intimité. Fanny referme la porte et m'embrasse à nouveau en se demandant ce que je fais là. Je la trouve aussi belle, même sous un éclairage au néon. J'adore ses petits yeux plissés, son nez délicat et les contours symétriques de sa bouche. Je reste un instant obnubilé par son sourire et finit par lui répondre :

— Je pensais te kidnapper le temps d'un lunch.

Nous partons presque aussitôt à bord de mon pick-up, dont la rusticité ne la rebute pas, pour nous arrêter à une terrasse du quartier avoisinant. Je remarque après un moment que ce café de Pointe-des-Cascades est juste en face du parc où la dernière victime du tueur en série a été retrouvée. Le reportage télé montrait en retrait cette promenade piétonnière au bord du lac des Deux-Montagnes. Je ne veux pas détourner mon attention trop longtemps de Fanny. Après tout, je suis ici pour elle, pas pour le boulot. Mais en même temps, je continue de croire aux hasards de la vie. Surtout lorsque Fanny me révèle que son collègue, Laurent Dumont, est obstétricien-gynécologue.

— J'y pense… Ce médecin spécialiste est peut-être une clé pour m'aider à tracer un portrait du genre de femmes qui intéresse mon détraqué…

— Je n'ai qu'à lui demander de te rencontrer, me dit-elle.

Fanny lui écrit illico un texto. Sans s'en rendre compte, elle vient de se trahir. On n'envoie pas de message électronique à un collègue médecin sans avoir déjà échangé avec lui sur son portable.

— Je suis certaine que Laurent va accepter, continue-t-elle, naïve et enthousiaste.

Je ne sais pas si je suis simplement ratoureux ou si c'est par esprit de compétition, mais la perspective de découvrir les véritables motivations du jeune médecin envers Fanny me titille. Si je devais le rencontrer, il me faudrait toutefois retenir mes pulsions, car il arrive que ces duels me grisent et me fassent perdre le nord. J'ai beau répéter que la jalousie est un sentiment que je réprouve, je reconnais ne pas être complètement dépourvu de ce travers. Sans compter que ma femme a vécu pire, à une époque où je me laissais guider par mon sexe. Tandis que la situation me fait réaliser combien je suis attaché à Fanny, un texto me sort soudainement de mes pensées : Lanctôt se dit en route vers chez moi pour notre rendez-vous hebdomadaire. Comme je suis bête. Je ne peux quand même pas mettre cette étourderie sur le compte de mes ardeurs pour Fanny. J'aurais l'air d'un pauvre idiot. Je m'excuse aussitôt auprès de ma belle et file comme une flèche à la maison.

Patrick Lanctôt m'attend dans sa voiture. Il tombe des cordes. Nous nous séchons ensuite dans le séjour en prenant un verre. Le jeunot fait des progrès. On se connaît depuis un mois et c'est la première fois qu'il accepte de troquer le café pour une bière. Il arpente la pièce en s'approchant à l'occasion de quelques plaques honorifiques pour en lire les gravures. C'est Florence qui tenait à les accrocher. Je n'ai jamais cherché la célébrité en écrivant un scénario. Que mes histoires soient produites me satisfait amplement.

L'enquêteur se cale dans une bergère et sourit en découvrant, sur le guéridon où je dépose habituellement ma lecture du jour, un bouquin intitulé *L'ombre de Jack l'Éventreur*.

— Ma foi ! J'espère que je ne vous ai pas contaminé, Hubert, me lance Lanctôt en brandissant le livre.

— J'avais besoin de me rafraîchir un peu la mémoire pour mieux saisir l'âme de notre déséquilibré.

— À l'université, dans un cours de criminologie, un professeur nous avait demandé de dresser le profil de Jack l'Éventreur. Chacun en avait dépeint un portrait différent.

— En cent vingt-cinq ans, ce tueur a fait couler encore plus d'encre qu'il n'a fait gicler de sang.

— C'est bien ce qui m'inquiète avec celui qui nous obsède, poursuit Lanctôt, rembruni, ajoutant craindre que le tueur ne disparaisse un jour sans laisser de trace, tout comme Jack l'Éventreur.

— Vous le savez probablement, Patrick, mais un tueur en série s'arrête rarement avant cinq meurtres. Alors attendez-vous au pire, car il y aura d'autres victimes.

Semblant incapable de rester en place, Lanctôt se lève et se remet à flâner dans la pièce en buvant sa bière à petites gorgées. Il s'arrête devant une photo de Florence alors qu'elle était enceinte de Catherine, notre fille. Une autre femme enceinte, doit-il se dire comme si c'était son karma. Lanctôt se met à épousseter sa veste du revers de la main. Il ne supporte pas l'imperfection.

— Désolé, Patrick. Nanouche, ma chatte, a rendu l'âme à la veille de Noël après quinze ans de loyaux services. Son âme est demeurée dans la maison, mais ses poils aussi…

— Vous n'allez quand même pas mettre ce travers dans votre scénario, toujours ?

— Pourquoi pas ? Ça fait partie de vous, mon ami.

— Tant qu'à y être… ajoutez aussi mes allergies.

— Aux poils de chat ?

— À la poussière, aux noix, aux courants d'air et, croyez-le ou non, même à certaines personnes, poursuit-il à la blague.

J'avais déjà remarqué un auto-injecteur EpiPen dans la poche de sa veste déposée au dossier d'une chaise de la cuisine. Je suis incorrigible, je fouine dès que j'en ai l'occasion. Toujours à la recherche du moindre détail qui peut en révéler davantage sur un personnage potentiel. Le spectateur est friand de ces petites broutilles.

— Et votre peur du sang ? ajouté-je pour en avoir le cœur net.

Je sens que mon indiscrétion vient de toucher une corde sensible. Lanctôt détourne son regard comme s'il n'était pas fier de cette faiblesse :

— Ça remonte à mon enfance. Mon grand-père avait saigné un cochon dans l'étable. Il avait eu beau m'expliquer que ça consistait à étourdir l'animal avant de l'abattre pour éviter qu'il ne ressente la douleur, la vue du sang m'avait quand même traumatisé.

— Vous êtes l'antihéros parfait, cher ami ! ajouté-je pour me payer sa tête amicalement.

J'avais aussi découvert, en voyant le coffre de sa voiture, que le jeune sergent ne tolère pas plus le désordre que la saleté. Habituellement, cet endroit est un fourre-tout alors que le sien était rangé comme la trousse de cosmétiques de Florence à l'époque. Dans *Sleeping with the Enemy*, le mari psychopathe était tout aussi ordonné que Lanctôt. Ses TOC nous le rendaient encore plus affolant.

Nous revenons ensuite à ce qui nous préoccupe bien davantage, l'enquête entourant cette fois la nouvelle victime.

— Ce midi, en prenant le lunch avec Fanny, j'ai aperçu le parc où on a trouvé le corps de Mélodie Chiasson, dis-je à Lanctôt en rafraîchissant mon verre de sauvignon.

— Comment un endroit si bucolique peut-il devenir sinistre à ce point ? commente mon jeune ami en secouant la tête.

— Vous connaissez le coin ? lui demandé-je, curieux.

— Amélie, ma femme, vient de ce quartier.

— Le tueur doit habiter dans les environs.

— Qu'est-ce qui vous fait dire une chose pareille ?

— Je m'y suis promené. Pour quelqu'un qui ne connaît pas les lieux, c'est compliqué de sortir de là en vitesse si quelqu'un arrive à l'improviste. Même chose dans le cas des deux autres victimes. Je suis allé visiter les scènes de crime. À chaque fois, les sites que le tueur a choisis étaient difficiles d'accès pour ceux qui n'y sont pas familiers.

— Le tueur serait donc un homme jeune qui vient de se mettre au jogging et qui habite dans la région, pense Lanctôt tout haut.

Une vibration se fait entendre. Lorsque l'enquêteur ouvre sa veste pour dégainer son téléphone, j'aperçois brièvement son Glock 19 suspendu à sa poitrine. Il lit un texto et prend à peine quelques secondes pour y répondre. Je peux vous dire l'âge de mon visiteur juste à la vitesse à laquelle il tape son message. La dextérité des trentenaires est fascinante. Moi qui ai toujours pensé que les pouces ne servaient qu'à être tournés.

— Amélie s'inquiète. Je vais devoir vous quitter bientôt.

— Juste avant... Vous pourriez m'en dire un peu plus sur la dernière victime, Mélodie Chiasson ?

— Cette fois, la jeune femme était blonde et élancée. Elle faisait un mètre quatre-vingts.

— Ce qui signifie que l'apparence n'est plus un facteur. Les similitudes physionomiques n'existent plus.

— Exact ! répond aussitôt Lanctôt, sûr de son coup.

— Cela pourrait donc confirmer que le tueur ne choisit pas ses victimes pour leurs attraits physiques, précisé-je.

— Le seul lien qui demeure entre elles, c'est qu'il continue de les sélectionner parce qu'elles sont enceintes de six mois. Et on ignore toujours pourquoi.

— Que savez-vous d'autre sur cette jeune femme ?

— J'ai dû moi-même annoncer la nouvelle à son mari. Il m'est tombé dans les bras en pleurs, répond Lanctôt, ajoutant que ça aurait pu être lui.

— Je suis navré, Patrick. Tout ça a dû être troublant. Elle faisait quoi comme travail ?

— Caissière dans une banque. Une vie tranquille. Elle attendait son premier enfant.

— Rien d'autre ?

— D'après son mari, elle aurait eu une adolescence difficile, mais elle aurait retrouvé une paix intérieure depuis quelques années.

— C'est peut-être une piste, pensé-je tout haut. Savez-vous si les victimes se connaissaient ?

— Le problème ajoute-t-il, c'est qu'il n'y a probablement que les victimes qui pourraient répondre à cette question.

— Peut-être qu'en fouillant dans leur passé, on pourra faire des croisements entre elles…

— Judith est justement en train d'analyser le contenu de leurs ordis et de leurs portables. Je vous tiens au courant si on trouve quoi que ce soit, poursuit Lanctôt en s'apprêtant à quitter ma maison.

Je raccompagne le jeune enquêteur dehors jusqu'à son VUS. La pluie a cessé. Une odeur de terre chaude et mouillée, mais aussi de conifères, embaume les environs.

— Quelque chose me dit qu'il y a un quelconque lien entre ces victimes, lui lancé-je.

— Mais pour l'instant, il n'y a que le tueur qui le sait.

Je regarde le véhicule de Lanctôt s'éloigner. Mais alors que je retourne dans la maison, tentant de réfléchir aux meurtres dont nous avons à nouveau discuté, ce qui s'impose à mon esprit est plutôt le sourire lubrique de Laurent Dumont en train de dévorer Fanny des yeux. Comment ne pas se méfier de ce type ? Et surtout, comment le contrer ? Je ne suis plus à l'âge où je peux rosser un adversaire. Probablement devrai-je me contenter de trouver la faille qui l'enverra au plancher sans avoir même à souffler dessus.

7

FLORENCE A DÛ RESSENTIR à quelques reprises un sentiment de trahison en reconnaissant sur mes vêtements le parfum d'une femme qui n'était pas le sien. Je savais qu'elle était au courant dès qu'elle se réfugiait en pleurs dans les bras d'Alban, mon producteur, qui devait prétendre, comme à chaque fois, que j'avais sans doute eu besoin de trouver une forme d'inspiration auprès d'une inconnue. Alors, aujourd'hui, qui suis-je pour réprouver un quelconque flirt entre Fanny et ce médecin ? Il me passe tout à coup par la tête l'idée d'accepter de partager Fanny avec un autre plutôt que de la perdre. Mais nous ne sommes pas dans *Jules et Jim*. Ni dans *Closer*, où Julia Roberts vacille entre Jude Law et Clive Owen. Il ne pourrait y avoir de triangle amoureux impliquant Docteur Jambes-en-l'air. Si je dois être dépossédé de la femme que j'aime, ce ne sera pas par n'importe qui. Et surtout pas par cet homme.

J'ai beau lutter contre le sentiment de jalousie qui pourrait me faire déraper à tout moment, je dois reconnaître que l'arrivée de ce médecin et l'occasion de confrontation qu'elle représente m'inspirent un pivot important dans mon scénario. Car au moment où la situation se corse et que les meurtres s'enchaînent, le scénariste de mon histoire tombe en panne d'inspiration, et il sombre dans l'abîme lorsque la femme de sa vie l'abandonne pour un autre. Il se trouve alors face à une question existentielle : qu'est-ce qui, dorénavant, a le plus d'importance pour lui ? Contribuer à faire cesser les crimes odieux du tueur en série ou retrouver la femme de sa vie ?

Cette nouvelle intrigue m'a empêché de dormir une partie de la nuit. Plutôt que de compter des moutons, j'ai songé durant des heures à la manière d'éliminer Laurent Dumont dans mon scénario, le jour où il me chipe Fanny. Habituellement, imaginer une scène alors que je cherche le sommeil réussit à m'endormir. Mais cette fois, ce petit jeu, plutôt que de m'épuiser, m'a tenu éveillé jusqu'au matin. La première idée de scène qui m'était venue à l'esprit avait été d'inviter Dumont à la pêche, où je l'aurais frappé à répétition avec une rame. Mais je me suis rappelé que cette scène existait déjà dans *The Talented Mr Ripley*, alors que Matt Damon s'en prend violemment à Jude Law dans une barque en plein océan. Il m'a donc fallu réfléchir à différentes avenues. Un coup accidentel de fer 7 sur un terrain de golf avait été une possibilité. Je connais un par 5 isolé sur un parcours boisé où personne n'aurait été témoin de mon élan. Mais Laurent Dumont était-il amateur de golf? Une autre option consistait simplement à l'inviter chez moi pour qu'il m'aide à comprendre le profil psychologique d'une femme enceinte de six mois. J'en aurais profité pour l'entraîner à la montagne sur un sentier sinueux qui contourne un gouffre si creux qu'il est impossible de voir le fond du précipice. Mais après m'être tourmenté durant des heures à chercher la bonne façon d'en finir avec Dumont, j'en ai finalement conclu qu'il y avait déjà assez de meurtres dans cette histoire et qu'il valait mieux même qu'il ne disparaisse pas du décor, car sa présence engendrait le genre d'animosité que le public sait apprécier.

À mon réveil, le souvenir de Laurent Dumont continue de m'irriter. Et là, je ne suis pas devant mon scénario. Le médecin n'est pas qu'un personnage de fiction. Impossible de le chasser de mon esprit. Comment sortir de ce guêpier ? Devrais-je, comme au bon vieux temps — ce qui signifie l'automne dernier — demander l'aide de McGuiness ? J'invite aussitôt l'ancien enquêteur à venir prendre un café en ce dimanche matin. Il fut un temps où les gens allaient à la messe à cette heure pour qu'on exauce leurs prières. Mais il y a longtemps que je ne crois plus en Dieu. L'amitié est une valeur plus sûre. Et comme un service en attire un autre, je songe à demander à McGuiness de reprendre son bâton de pèlerin, le temps d'une brève investigation. Je n'aurais jamais cru que nous serions devenus un jour complices, nous qui sommes issus de milieux si différents. Mais il arrive parfois qu'autre chose puisse unir le destin de deux hommes, comme ce fut le cas pour François Cluzet et Omar Sy dans *Intouchables*, alors qu'un riche tétraplégique se lie d'amitié avec son nouvel aide à domicile, un repris de justice. McGuiness et moi ne sommes pas encore devenus aussi intimes, mais nous en sommes quand même arrivés au tutoiement.

— Pour me faire une meilleure idée des victimes, je prévois rencontrer le docteur Laurent Dumont, un obstétricien-gynécologue du CLSC que Fanny, comme tu le sais, gère depuis un moment à titre intérimaire le personnel infirmier.

— Quel lien avec les meurtres ?

— Sa connaissance des femmes enceintes pourrait approfondir ma compréhension du sujet. Et je ne te cacherai pas, mon cher McGuiness, qu'il m'a plu au point où il pourrait incarner un personnage de soutien important dans mon nouveau scénario. Alors… dans le but de préparer une rencontre prochaine avec lui, j'aimerais en savoir le plus possible sur ses activités professionnelles et, peut-être aussi, personnelles !

— C'est pas que je veux pas t'aider, mais pourquoi tu demandes pas tout ça à Fanny ?

McGuiness n'est pas un imbécile. Il a vu ma grimace et devine bien que ce Dumont est possiblement un soupirant de Fanny. Comme je connais sa discrétion et son efficience, il pourra sans doute me revenir bientôt avec, je le crains, de mauvaises nouvelles.

— Ça doit demeurer confidentiel…

— Je comprends, dit mon voisin retraité, comme s'il saisissait le sous-texte de ma requête, qui consiste à fouiller le présent et le passé de cet homme dans le but d'y trouver un quelconque travers.

Au hockey, les entraîneurs ne révèlent jamais aux médias les blessures exactes de leurs joueurs pour leur épargner les coups vicieux des adversaires. Ainsi, on parle vaguement de blessures au bas ou au haut du corps pour éviter qu'on s'en prenne davantage aux membres amochés. Dans le cas de Laurent Dumont, je veux connaître son point faible pour pouvoir le frapper précisément où ça fait mal. Cela m'économisera temps et énergie. Je n'ai pas l'intention de le faire trébucher ou de lui porter un quelconque coup vicieux à la tête pour l'envoyer à l'infirmerie. Là, ce n'est pas une fiction, mais la vraie vie. Je compte seulement le sonner, juste assez pour qu'il réalise qu'il joue à un jeu dangereux en courtisant la femme que j'aime.

McGuiness m'a jeté un regard que je n'ai pas soutenu et qui aurait pu lui confirmer que je m'inquiète pour l'avenir de mes amours avec Fanny. Il accepte de me rendre ce service. Entre des hommes qui, chacun de leur côté, recouvrent à peine le bonheur, cette solidarité est un acte d'entraide qui n'a pas de prix.

— Tu peux compter sur moi. Je te reviens dès que j'ai fait ma petite enquête.

— Merci pour ton aide. Je vais pouvoir me remettre à écrire l'esprit en paix. Je mise beaucoup sur ce personnage pour faire avancer ma nouvelle histoire, ajouté-je, question de m'assurer qu'il ne croit pas que cette demande est aussi intéressée qu'elle peut le paraître.

McGuiness est reparti avec les coordonnées du CLSC et celles du médecin que je soupçonne d'être un coureur de jupons d'infirmières. Il devra faire vite, car je viens d'apprendre par texto que Laurent Dumont accepte de me rencontrer très bientôt. Ce sera finalement à la cafétéria du CHUM, où il est en résidence quelques jours par semaine. Je ne sais pas encore sous quel angle je vais l'aborder, mais comme Fanny lui a dit que je travaillais à titre de consultant pour un enquêteur de la SQ sur les derniers cas de meurtres de femmes enceintes, c'est de cette façon que je compte ouvrir notre échange, qui se veut informel.

J'ignore s'il s'agit d'une pure coïncidence, mais Fanny ne viendra pas passer le week-end au manoir comme elle avait l'habitude de le faire depuis quelque temps, prétextant la visite de son fils qui habite maintenant Toronto avec sa copine. Même si je suis navré à l'idée qu'elle me fasse faux bond pour la première fois depuis des mois, j'essaie de me raisonner. Elle a aussi droit à son jardin secret. Et puis, on ne s'est rien promis. Peut-être que j'ai trop d'attentes ? Ne serais-je au fond qu'un ami, divertissant à ses heures, avec qui parler librement de ses états d'âme ? Notre différence d'âge aurait-elle fini par user son enthousiasme ? C'est reparti ! Sans m'en rendre compte, je scénarise encore une fois une tragédie. Ou peut-être serait-ce le début d'une période de paranoïa ? Il m'arrive de m'en faire quand je perds le contrôle de ceux qui m'entourent. Ce serait tellement plus simple si tout le monde m'obéissait comme les personnages de mes histoires. Et encore, certains d'entre eux en font parfois à leur guise. Pour éviter de sombrer à nouveau dans les bas-fonds de ma cave à vin, je décide d'aller marcher en montagne. Il n'y a rien comme le grand air pour se déconnecter de ses tracas. J'ai pensé que ça ferait aussi un peu de bien à Lanctôt de se vider l'esprit. Il ne s'est pas fait prier. Le jeune sergent, qui en a beaucoup sur les épaules, accepte de se joindre à moi pour dix kilomètres de sentier où il ne serait pas question une seconde de l'enquête qui nous occupe. Nous devons nous concentrer sur les nombreux dénivelés qui longent le parcours. Il suffirait d'un moment d'inattention — où je songe au sourire de Laurent Dumont, par exemple — pour que je trébuche sur un abattis, entraînant Lanctôt avec moi dans ce fameux gouffre où on ne retrouverait nos carcasses disloquées que des jours plus tard. Tomber d'un sommet comme le « Rocky » ou le « Burned Head » signerait notre arrêt de mort. Mais je grimpe le mont Saint-Hilaire depuis plus de trente ans, et le pire qui me soit arrivé est d'échapper ma gourde dans un ruisseau. Nous finissons par arriver sains et saufs au sommet de la montagne, où nous profitons des quelques instants de répit avant de reprendre notre chemin. On peut voir si loin que je me mets à explorer l'horizon comme si je pouvais espérer y apercevoir Fanny quelque part... Sur le retour, nous croisons en bordure du sentier une tale de chanterelles auxquelles je ne peux habituellement pas résister. Les jugeant trop petites, je décide de les laisser croître un moment avant de revenir les cueillir, lorsque je repère tout à coup, sous une pruche et à l'abri des regards, « l'ange de la mort », une amanite vireuse, reconnaissable à son chapeau dissymétrique, ses lames blanches et son pied élancé et pelucheux.

— *Amanita virosa*, lancé-je à mon jeune collaborateur, comme si je me prenais soudainement pour l'animateur d'un club de mycologie. C'est le premier champignon dont j'ai appris l'existence. Il est toxique et mortel. Et facile à identifier. Regardez comme il est tout blanc ! On le reconnaît au petit voile, en apparence inoffensif, qui pend sous le pied...

— Oui, je vois, réfléchit à voix haute Lanctôt, penché pour mieux en examiner tous les détails.

— Son ingestion provoque la destruction du foie en un rien de temps.

— Ça me rappelle la fois où mes parents m'avaient emmené à l'urgence parce que j'avais mangé des arachides. J'avais failli en crever.

— C'est vrai ?

— Pendant de longues minutes je suis resté recroquevillé, la bouche ouverte à chercher mon air, ajoute le jeune enquêteur en grimaçant.

— Ma foi ! On dirait que vous décrivez une scène de film, Patrick.

— En tout cas, c'est fou tout ce que j'apprends de vous, Hubert. Les espèces végétales ont aussi peu de secrets pour vous que le genre humain.

— Je sais surtout plein de choses qui ne servent souvent à rien…

— Je crois au contraire que, tôt ou tard, tout finit par avoir son utilité.

Notre excursion se conclut avec une bière fraîche bien méritée, après quoi le jeune enquêteur retourne auprès de sa femme alors que je ne peux m'empêcher d'imaginer à nouveau Fanny dans les bras de Dumont. Cette balade qui devait me changer les idées n'a fait que repousser mon tourment. Mais sur ces entrefaites, je reçois la visite de McGuiness, qui se dit déjà prêt à me rendre son rapport. Ce qu'il y a d'épatant avec mon inspecteur retraité, c'est qu'il saisit toujours l'urgence de mes demandes. McGuiness a sans doute compris que mon inquiétude n'était pas qu'un caprice. Toutefois, son air ne présage rien de bon. Mais pour qui ? Le verdict sera-t-il aussi âpre que son ton le laisse entendre ?

— Savais-tu, Hubert, que ton obstétricien-gynécologue a déjà eu la main baladeuse ? me lance-t-il d'entrée de jeu.

— Tu peux être plus précis ?

— Le Collège des médecins aurait reçu un blâme d'une patiente. Une certaine Isabelle Carrier se serait plainte d'attouchements non médicaux de sa part, ajoute-t-il en lisant ses notes.

— Oh, je vois...

En fait, je fais beaucoup plus que voir. J'entends et je conçois aussi très bien que ce type s'est permis d'outrepasser la morale et a fait fi de la déontologie médicale. Ce médecin palpe et caresse de la chair fraîche dans un autre but que le diagnostic pour lequel il est payé. Je cherchais son point faible, il semble que ce don Juan au stéthoscope ne garde pas suffisamment ses mains dans les poches de son sarrau.

— Mais il y aurait eu un règlement à l'amiable. Ce qui fait qu'aucune tache ne figure à son dossier. Je suppose qu'il a dû payer le prix pour qu'on enterre cette histoire…

— Alors comment l'as-tu su ?

— J'ai mes entrées au comité de déontologie de l'institution, me dit McGuiness sur un ton discret.

— Rien d'autre ?

Le regard mystérieux, il allume sa tablette électronique et fouille dans une bibliothèque de photos.

— Je ne suis pas certain que tu vas être heureux de savoir avec qui il a soupé hier soir, ajoute-t-il, un peu embarrassé.

— J'imagine que je connais cette personne, lui dis-je en détachant mes lèvres de force.

— Je suis désolé, Hubert, me dit-il en tournant vers moi sa tablette placée au centre de la table.

Une photo nous montre Laurent Dumont en compagnie de Fanny dans un resto. Ils portent un toast. À quoi ? À leur collaboration ? À l'avenir ? À eux ? Je fais mine de ne pas être atteint par ce que j'ai sous les yeux, même si je viens de recevoir l'équivalent d'un projectile de calibre 303 en plein cœur. Mon gilet pare-balles n'est pas à toute épreuve. Je suis secoué. J'appréhendais cette nouvelle, mais je préférais ne pas l'entendre. Et surtout, ne rien voir. J'essaie de rester impassible :

— C'est le droit le plus strict de Fanny. Nous ne sommes pas fiancés à ce que je sache, précisé-je, comme si je cherchais à la disculper.

Il m'est impossible d'en vouloir à Fanny. J'entends une petite voix intérieure répéter « Par ma faute, par ma très grande faute… ». Car qui suis-je pour m'offusquer devant ce genre de gestes que j'ai posés plus d'une fois ? Aucun *mea culpa* ne peut effacer le passé ni nous mettre à l'abri de nouveaux périls. McGuiness me facilite toutefois la digestion de cette photo en détournant mon attention.

— Par contre, si cela peut t'intéresser, Dumont est sorti avec une très jeune femme, juste la veille, précise-t-il en faisant glisser une autre page de sa tablette électronique.

Cette fois, Dumont est en compagnie d'une nymphe qui pourrait être sa fille. Ils sont dans un bar et se font des câlins.

— Elle est majeure au moins ? demandé-je avec un peu d'ironie.

— Elle a tout juste dix-huit ans. Ils ont fini la soirée dans une chambre du Sheraton au centre-ville.

Je ne sais pas si docteur Jambes-en-l'air a attendu que la jeune femme ait ses dix-huit ans pour la séduire, mais ses mœurs douteuses ne me font pas oublier que Fanny m'a raconté un vilain petit mensonge au sujet de la visite de son fils. Et pourtant, je l'ai fait plus souvent qu'à mon tour dans le passé. Il m'arrive même de penser que Florence se paie ma tête d'où elle est, juste pour me rendre la pareille. Et Dieu sait comment je le mériterais. Alors à quoi bon m'en offusquer aujourd'hui ? Mais il reste que cela confirme que cet homme est un dépravé et que Fanny, qui a connu son lot d'échecs amoureux, devrait s'en méfier. Ambrose Bierce, un écrivain américain, disait que la queue d'un animal fait partie de son épine dorsale. Ça semble aussi être le cas de Laurent Dumont. C'est donc par cette partie de son anatomie que je compte l'attaquer.

Le lendemain, je retrouve le gynécologue à la cafétéria du Centre hospitalier de l'Université de Montréal, où nous avons rendez-vous. L'absence de son stéthoscope autour du cou me déçoit un peu. Je ne pourrais pas m'en servir pour l'étouffer si notre conversation devait mal tourner. Son sourire assuré et son regard trop enthousiaste sont peut-être à l'origine de son succès avec la gent féminine, mais avec moi, ça ne marche pas. Il en met plus que le client en demande. Ça sonne faux. Georges Clooney et Jean Dujardin ont l'air grincheux à côté de lui. Son parfum n'est pas mieux. Est-ce un effluve d'*Eau sauvage* de Christian Dior mêlé à du formol ? Chose certaine, une odeur forte et tenace s'échappe de la chemise turquoise de son uniforme. Au point où j'ai le réflexe d'en éloigner le plus possible mon assiette garnie de cigares au chou pour éviter que l'arôme de mes crucifères soit contaminé. En revanche, j'envie sa pointe de gâteau au chocolat, en retrait sur son plateau. Je m'étais résigné à ne pas en prendre après avoir estimé la quantité de sucre qu'il contient — un ingrédient susceptible, dans mon cas, de favoriser les comportements impulsifs.

— Je vous remercie d'avoir accepté ce tête-à-tête, Laurent.

Je n'allais surtout pas lui faire le plaisir de l'appeler « docteur ». Son regard compatissant me fait penser à celui du gériatre qui s'était occupé de ma mère durant ses derniers mois de vie, alors qu'elle séjournait dans un mouroir décoré de fleurs et de dessins d'enfants. Dumont ne sait pas encore que la vieille souche assise devant lui est en réalité celle d'un chêne à maturité dont il ne faut surtout pas compter les années.

— Vous faites un métier passionnant, monsieur Quentin. Quelle imagination vous devez avoir…

Je hais la flatterie, un épanchement qui endort l'intelligence. Le médecin spécialiste tente-t-il de m'anesthésier ?

— Je vous en prie, je ne suis quand même pas le doyen de votre faculté, appelez-moi Hubert.

— Alors en quoi pourrais-je vous être utile, Hubert ?

— Comme Fanny vous en a informé, j'ai accepté un mandat auprès d'un enquêteur de la Sûreté du Québec. Je dois l'aider à tracer le profil du tueur en série qui sévit actuellement à l'ouest de la ville.

— Quelle histoire ! Tuer des femmes à six mois de grossesse et, du même coup, leur fœtus. Non mais il faut être complètement cinglé pour faire ça !

— Justement… J'aimerais avoir votre opinion sur le sujet. Nous croyons que le suspect fait partie d'un quelconque corps médical.

— Vous êtes sérieux ? fait-il, surpris.

— Avant d'aller plus loin, je voulais savoir quels spécialistes se servent de ce type de scalpel chirurgical, ajouté-je en brandissant une photo que Lanctôt m'a laissée.

— Vite comme ça… C'est un couteau de résection qu'utilisent les obstétriciens, les cardiologues et les urgentistes.

Mon attention est alors attirée par une femme enceinte qui se dirige avec son plateau de repas en direction d'une table.

— Dites-moi… juste à première vue, comme ça, à combien de mois estimez-vous la grossesse de cette femme ? demandé-je en la pointant du regard.

— Peut-être cinq ou six, me répond le médecin dont c'est la spécialité.

— Est-ce que, par hasard, ça pourrait aussi être sept mois ?

— Absolument ! Aucune femme ne porte un enfant de la même façon. J'ai connu des patientes dont la grossesse était si peu apparente que certains de leurs proches ont été surpris d'apprendre qu'elle allait bientôt accoucher, souligne-t-il en mangeant.

— À ce propos, un élément ne cesse de me préoccuper. Pour que le tueur choisisse précisément sa victime à six mois de grossesse, il doit donc avoir accès aux dossiers des patients…

— J'aurais tendance à croire que vous avez raison.

— C'est bien ce que je pensais, dis-je en réfléchissant.

— J'espère que vous ne m'accusez pas, fait Dumont sur un ton léger.

— Impossible ! Vous aimez beaucoup trop les femmes pour les tuer, lancé-je à voix basse en continuant de savourer mes cigares au chou.

— Pardon, me dit Dumont, comme s'il ne savait pas trop s'il devait rire ou s'offusquer de mon commentaire.

— L'obstétricien-gynécologue que je cherche est obsédé par les femmes dans la mi-trentaine, alors que vous flirtez autant avec celles de quarante-cinq ans que celles qui en ont seulement dix-huit. Ce qui vous disqualifie d'emblée, lui dis-je en trempant mon pain dans la sauce aux tomates où baignent mes cigares au chou.

J'ai l'impression, durant quelques secondes, que l'obstétricien s'apprête à tourner son couteau en ma direction pour me sectionner les amygdales. Dumont prend une gorgée de son verre d'eau pour se rincer la bouche et commente, en gardant son calme :

— Je ne suis pas certain de comprendre où vous voulez en venir, monsieur Quentin.

— On m'a dit que vous aviez récemment pratiqué le cunnilingus dans une chambre du Sheraton sur une jeune fille d'à peine dix-huit ans qui serait réceptionniste au CLSC où il vous arrive de travailler. C'est vrai ?

— Je peux savoir en quoi ça te regarde, Quentin ? me demande le médecin sur un ton offensé.

Quand un homme passe du vouvoiement au tutoiement et de votre prénom à votre patronyme en moins de quelques secondes, c'est souvent que vous avez baissé dans son estime. Je termine une dernière bouchée avant de lui répondre calmement, sur un ton qui se veut celui d'un gentleman.

— Ce serait dommage que certaines photos circulent sur les médias sociaux. Cela pourrait faire renaître de ses cendres votre histoire avec une certaine… Isabelle Carrier. Et je suis convaincu que ça mettrait à nouveau le Collège des médecins dans l'embarras. Vous le premier…

— J'ai rien à foutre de tes menaces, Quentin, me dit Dumont en reculant violemment sa chaise sur le terrazzo bien poli de la cafétéria, ce qui a pour effet de faire retentir un grincement vigoureux dans la place.

— Fanny Buissières est une femme respectable que j'estime beaucoup et qui a suffisamment souffert, dans le passé, à cause de trous du cul comme vous. Ce serait dommage qu'elle s'entiche d'un femellier de votre acabit, qui fait vulgairement rimer son métier avec le mot « peloter ».

— La psychiatrie, c'est au huitième, ostie de détraqué !

Bouffer du coureur de jupons à l'heure du lunch est un plaisir rare. Dumont est sorti de ses gonds. Il quitte les lieux en colère, sans finir son repas. L'occasion est belle pour me gâter. J'attrape son assiette de forêt-noire avant que la préposée aux tables l'envoie au compost avec son restant d'aiglefin, tout en me demandant s'il osera un jour regarder à nouveau Fanny dans les yeux sans penser à moi.

Nous sommes bien loin de *Mission impossible*, dont la série télé m'a captivé tout autant que les différents opus au cinéma, mais j'ai malgré tout la satisfaction d'avoir atteint mon objectif. Si docteur Jambes-en-l'air croyait venir prendre mon pouls pour s'assurer que j'étais en fin de vie, il a réalisé assez vite que la fougue ne m'avait pas encore quitté. Je suis incorrigible, jamais capable de traînailler longtemps des sentiments ambigus qui m'empêchent de vivre et, par surcroît, de créer. Là, maintenant que j'ai l'esprit allégé — et peut-être aussi, le champ libre —, je peux me remettre en paix à l'écriture d'une nouvelle scène.

Je ne peux pas dire à Fanny que Dumont et moi avons véritablement fraternisé, mais je lui envoie tout de même un texto pour la remercier d'avoir organisé ce tête-à-tête qui fut, somme toute, fort distrayant et instructif.

Mais alors que j'allais quitter l'hôpital universitaire, je croise à nouveau la jeune femme enceinte aperçue un peu plus tôt à la cafétéria. Je décide d'emprunter le même ascenseur pour lui faire la conversation. Faisant mine de remarquer sa grossesse, je lui parle de ma fille qui a eu un gros garçon quelques années plus tôt. Elle me sourit comme si j'étais un bon grand-père et m'apprend qu'elle accouchera le mois prochain. Elle est donc enceinte de huit mois. Dumont avait raison. Même un spécialiste d'expérience ne peut, à l'œil, évaluer exactement où en est une femme dans sa grossesse. Mais alors, comment notre tueur, lui, fait-il ?

8

J'AI DORMI comme un bébé. Me débarrasser de cet enfoiré m'a permis de poursuivre mon scénario en toute quiétude. J'ai écrit une partie de la nuit, retrouvant ainsi dans le deuxième acte un rythme de croisière où je vogue allègrement sans jamais m'arrêter. Je n'oublie pas Laurent Dumont pour autant, puisqu'il jouera un rôle important dans mon récit. Il mérite bien le titre de bourreau des cœurs que je compte lui consentir. Tout bon scénario comporte un personnage qu'on adore détester. Frank Underwood, incarné par Kevin Spacey dans *House of Cards*, ne donnait pas sa place. Mais pour moi, Bryan Cox, l'impitoyable père dans *Succession*, remporte la palme. Il arrive que l'aversion nous comble presque autant que l'amour. Dans mon histoire, Dumont tentera de me ridiculiser aux yeux de Fanny pour se l'approprier. Mais je lui réserve la surprise qu'il mérite. Comme c'est plaisant de pouvoir régler ses comptes dans une fiction, où vous pouvez envoyer qui vous voulez sur la potence.

Alors que je savoure un café, une voiture s'arrête dans l'entrée. C'est Lanctôt qui déboule en catastrophe. Habituellement, le jeune sergent appelle avant de passer. Il est arrivé quelque chose. Je ne l'avais jamais vu serrer les dents de la sorte. Il lutte pour garder son calme et un minimum de respect, mais je le sens incapable de poser son regard sur moi.

— Vous avez tout foutu en l'air ! finit-il par piailler en se laissant tomber sur une chaise de la cuisine.

— Mais de quoi parlez-vous, Lanctôt ?

— De cet obstétricien-gynécologue que vous avez rencontré sous je ne sais quel prétexte en disant que vous étiez consultant pour la Sûreté du Québec !

— C'est faux ! J'ai dit : « consultant pour un enquêteur de la SQ ». C'est bien le mandat que vous m'avez confié, non ? dis-je à Lanctôt en lui versant un café qu'il prend pour la première fois à contrecœur, comme si cela allait peut-être le calmer.

— Il s'agissait d'une mission confidentielle. Votre aide devait rester anonyme, insiste-t-il.

— Comment pouvais-je savoir que ce gynécologue, qui a vraisemblablement fait une spécialité en cunnilingus, répéterait notre conversation à quelqu'un d'autre ? À sa place, j'aurais fermé ma gueule.

— Eh bien, il est trop tard maintenant. J'ai Piché sur le dos. Il me demande un profil du tueur avant la fin de la journée et je n'ai encore rien de concret à lui mettre sous la dent.

— Le meurtrier habite l'ouest de la ville. Il est dans la jeune trentaine, chausse la pointure 10, c'est un joggeur, et il est soit obstétricien-gynécologue, urgentiste ou cardiologue. Avec ça, vous en avez suffisamment pour occuper votre équipe durant au moins deux semaines, non ?

— Pourquoi ces spécialités ?

— Elles utilisent toutes le couteau de résection que vous croyez être l'arme du crime.

Après avoir calmé cette colère soudaine qui l'avait montré sous un autre jour, le jeune enquêteur pige un croissant dans un panier que je pousse vers lui et se met à le mâchouiller. Lanctôt est plus cerné que d'habitude. Sans doute que sa nuit a été mouvementée si Piché l'a appelé la veille et l'a engueulé quand il a appris que j'étais dans le décor. Langdeau, le héros de mon scénario, n'a pas encore manifesté ce genre d'impatience. J'en prends bonne note.

— Votre cher patron en dit quoi ?

— Il est furieux contre moi, mais ne veut surtout pas soulever de poussière en prononçant votre nom. Alors il m'a demandé de faire comme si de rien n'était pour éviter une autre crise entre la SQ et vous.

— Alors pourquoi vous énervez-vous ?

— Je dois garder le contrôle de ce dossier, Hubert. Dorénavant, je veux que vous me disiez ce que vous faites et qui vous rencontrez dans le cadre de l'enquête.

— Calmez-vous, Lanctôt. Vous vous mettez dans un état qui vous empêche de vous concentrer sur votre travail.

Le jeune sergent tourne autour du pot un moment avant de me relancer :

— C'est qui, au juste, ce médecin qui a porté plainte ? s'enquiert-il, curieux.

— Un obstétricien-gynécologue qui collabore occasionnellement avec… Fanny, laissé-je tomber après une brève hésitation.

— D'un peu trop près, si je comprends bien, me dit Lanctôt comme s'il saisissait ma méfiance.

— Il est réputé comme étant le Casanova du Centre hospitalier de l'Université de Montréal, ajouté-je avec un peu de sarcasme.

— Je déteste autant que vous ces beaux parleurs. Il y en a un qui tournait autour de ma femme avant qu'elle ne tombe enceinte.

Lanctôt donne soudainement l'impression de vouloir s'ouvrir :

— Amélie disait que je me faisais des idées.

— Difficile parfois de choisir entre la jalousie et l'indifférence. Je parle par expérience…

— Mon père était souvent à l'extérieur pour le travail. C'était, lui aussi, un trousseur de jupons, échappe Lanctôt, un peu acerbe.

— Et votre mère ?

— Elle est morte de peine, très jeune. J'espère que je ferai un meilleur père.

— Vous verrez... Avoir un enfant est un événement merveilleux qui vous reconnecte avec vous-même. Ça ne vous empêche pas de dormir seulement quand il est naissant, mais aussi quand il devient adulte, ajouté-je pour détendre l'atmosphère.

Je passe toutefois sous silence que ma fille s'est exilée en France pour s'éloigner volontairement de moi parce que j'ai été un père ingrat qui s'est consacré à son métier plutôt qu'à son éducation. Je n'ai pas besoin non plus de nuancer le fait que nous nous sommes un jour pardonné l'un à l'autre, et que tout finit toujours par rentrer dans l'ordre. Car il n'est jamais trop tard pour se réhabiliter. Mon petit-fils prétend d'ailleurs que je suis le meilleur papy au monde.

Alors que la sous-compacte de Fanny se stationne dans l'entrée à côté du VUS de Lanctôt, mon visiteur en profite pour lever les pattes. Il regarde sa montre :

— On m'attend. Je dois retourner au bureau et donner mes instructions. Mais dorénavant, vous me tenez au courant de tout, s'avise-t-il de me prévenir à nouveau avant de quitter les lieux.

Fanny et Lanctôt se croisent dans l'escalier et se saluent brièvement. Trop brièvement. Fanny commence à m'engueuler avant même d'entrer dans la maison :

— Je peux savoir ce que tu as raconté à Laurent pour qu'il me crie des insanités pareilles à ton sujet ?

— Et moi qui croyais qu'il n'avait que des qualités, dis-je avec sarcasme.

— T'es viré sur le top ou quoi ? Il m'a dit que tu l'avais accusé d'attouchements sur une patiente. Comment as-tu osé t'attaquer à un homme aussi respectable? C'est un spécialiste de renom, ajoute-t-elle, comme si cela pouvait me faire culpabiliser davantage.

Fanny a maintenant la preuve que me remettre à écrire risquait d'affecter notre relation. Je cherche à m'approcher d'elle, mais elle se détache. Pour la première fois depuis des mois, il n'y aura pas d'étreinte entre nous ce matin.

— J'ai peut-être un peu exagéré. Mais je ne suis pas toujours moi-même quand j'écris. Je t'avais prévenue, en période d'écriture, je suis facilement irritable. Et il m'arrive parfois de dépasser les bornes…

— Ne me sors surtout pas cet argument! C'est au contraire le vrai Hubert Quentin auquel Laurent a eu affaire, crie-t-elle en me pointant de son index. Là, je te reconnais!

— Tu savais qu'il couchait avec une certaine Chloé, une secrétaire-réceptionniste de dix-huit ans? Ça m'a dégoûté et je lui ai dit ce que j'en pensais.

— Il ne t'est pas passé par l'esprit que nous avions tous les deux la même différence d'âge et que tu ne t'en offusques pas?

Fanny quitte la cuisine et grimpe l'escalier en vitesse pour aller vider sa commode et remplir sa valise. Je cherche à la raisonner:

— C'est encore une adolescente. Quelques semaines de moins et on aurait accusé Dumont de détournement de mineure, ajouté-je en la talonnant.

— Tu nous as fait suivre, je suppose?

Je baisse le regard. Fanny comprend tout. Elle referme sa valise avec une rudesse que je ne lui connaissais pas. J'essaie de parlementer calmement, mais elle est furieuse.

— Ton ami McGuiness, encore? me demande-t-elle, les yeux en fusil.

Je me renfrogne, déçu de moi. Il semble que j'aie franchi le Rubicon. Fanny quitte la chambre où nous avons fait maintes fois l'amour, mais jamais la guerre. Je l'implore de ne pas partir. Mais elle ne m'entend plus. J'insiste:

— Tu devrais te méfier de cet homme. Il va te faire du mal. Je sais ce que c'est un trou du cul, insisté-je en regardant Fanny me glisser des mains comme un savon mouillé.

— Tu débordes vraiment d'imagination, me lance-t-elle avec ironie à son tour.

— Ce n'est pas ton cas. Tu aurais pu trouver autre chose à propos de la supposée visite inattendue de ton fils, répliqué-je.

Il arrive parfois, quand une dispute dégénère, qu'on dise des choses qu'on ne pense pas. Riposter n'était pas la meilleure idée. J'aurais dû fermer ma gueule. Je continue de m'enfoncer. Nous poursuivons notre querelle encore quelques minutes de trop, juste le temps qu'il faut pour que Fanny garde en souvenir de moi ce qu'il y a de pire, l'entêtement.

— C'est bien la dernière fois que tu me vois. Ne m'adresse plus jamais la parole !

— Je t'en prie, Fanny. Laisse-moi t'expliquer !

— T'es rien qu'un pauvre narcissique qui ne pense qu'à ses maudites histoires et à sa petite personne !

S'il fallait que Fanny dise vrai et qu'elle ne revienne pas, je ne suis pas certain que je pourrais passer au travers. C'est la première fois que je la regarde quitter ma demeure sans chercher à retarder son départ. La poursuivre serait de l'acharnement. Je l'ai suffisamment blessée comme ça. Sa voiture décampe aussi vite qu'elle est arrivée. Un silence assourdissant envahit soudainement la maison. Je me retrouve seul, comme ce jour où les pompes funèbres sont venues chercher Florence. Un vide s'installe à nouveau autour de moi. Ce désert est le même. La douleur aussi. Je ne sais plus où poser mon regard. Je suis sans doute meilleur pour écrire des histoires que pour les vivre.

9

JE NE SUIS PAS du genre à rester couché en chien de fusil et à me plaindre. D'ailleurs, je ne sais pas si c'est la douleur ou la colère qui m'afflige le plus. Un jeûne d'écriture et surtout de socialité s'est imposé ces derniers jours. J'ai même dû prendre un congé d'enquête pour le week-end. C'est Alban, mon cher producteur, qui a insisté pour que je sorte de ma torpeur. Je ne l'avais pas vu depuis un bon moment. Il aura fallu que la lune de miel prenne fin entre lui et son jeune éclairagiste pour qu'il me rende visite à nouveau. Comme si le fait que nous soyons tous les deux esseulés pouvait atténuer nos peines. Il s'amène pour passer un week-end au manoir comme il le faisait à l'époque de Florence, avec des victuailles, les bras chargés de gâteries et, surtout, pour tenter de me faire oublier que j'ai été déserté par la femme que j'aime. Mais je sens aussi qu'il vient s'assurer que je n'ai pas abandonné le travail et que mon nouveau scénario est toujours en route malgré le départ de Fanny. Il aime bien materner ses auteurs. Florence et lui se complétaient à merveille dans ce rôle. À part McGuiness, il est mon seul véritable ami.

Il m'annonce envisager d'aller passer quelques jours à la fin de l'été chez ma fille dont il est le parrain. Je sens qu'il souhaiterait que je l'accompagne. Mais je n'ai pas vraiment la tête à un projet de voyage, même si c'est pour visiter ma fille et mon petit-fils. Fanny occupe toutes mes pensées et j'espère encore recevoir un coup de fil de sa part quand la poussière sur laquelle j'ai soufflé sera retombée. Et puis, je me suis engagé auprès de Patrick Lanctôt pour l'accompagner jusqu'au bout de son enquête.

— Je suis content que la SQ et toi soyez réconciliés, me dit-il alors que nous partageons une bouteille de vin blanc bien frais sous la gloriette.

— N'exagérons rien, Alban. J'ai accepté d'aider ce jeune enquêteur dans le but purement égoïste d'en tirer une nouvelle histoire. Je n'ai encore fait la paix avec personne. Surtout pas avec Piché.

— Vous avez des pistes ?

— Il y a loin de la coupe aux lèvres. Je ne serais pas surpris que d'autres meurtres surviennent avant longtemps.

— T'es sérieux ?

— Je te rappelle qu'il s'agit d'un tueur en série.

— Et t'en es où, au juste ? Dans ton travail d'écriture, j'entends.

— J'avais bien amorcé le deuxième acte, mais je n'arrive pas à m'y replonger.

Je ne suis pas fou. Alban est venu en ami, mais le producteur n'est jamais loin. Ses visites ne sont jamais désintéressées. Mise à part la fois où j'ai succombé à cette productrice qui m'a dévoilé ses talents autres que professionnels, je lui suis toujours resté fidèle. Il me connaît comme le fond de sa poche. Ce qui m'aide bien davantage que cela pourrait me nuire. Fanny lui avait vaguement parlé de l'évolution de mon scénario, mais sans plus. Il meurt d'envie que je lui donne des détails, toutefois je n'ai pas la tête à raconter des histoires.

— Je connais ton synopsis, mais tu ne m'as pas toujours pas révélé la fin. Ça se termine comment ?

Alban est ratoureux. Mais il a beau user de toutes les astuces pour me faire parler, il sait que je ne dévoile jamais la conclusion d'une histoire. Ça porte malheur.

— Je peux savoir pourquoi encore aujourd'hui tu t'entêtes à ne pas vouloir partager cette finale avec moi ? Si je la connaissais, je pourrais peut-être t'aider, insiste-t-il.

— Je t'en garde la surprise.

— De toute façon, si le public, lui, ne devine pas la fin, moi je sais pertinemment comment tu construis tes histoires, Hubert.

— Ça y est. Tu lis dans mes pensées, maintenant ?

— Suffit de se poser la question : qui, dans cette histoire, est le personnage que personne n'oserait soupçonner ?

— N'insiste pas, Alban. Je ne veux pas en parler.

— Ton tueur en série... ça ne serait pas ton jeune inspecteur Victor Langdeau, par hasard ? ajoute-t-il pour me narguer.

Comment ce petit malin a-t-il réussi à savoir ce qui allait suivre ? Il est vrai qu'à trop collaborer, on finit par se ressembler ou, à tout le moins, par connaître les réflexes de l'autre.

— Merde ! C'était si évident ?

— Pas du tout ! Si ça peut te rassurer, ce n'a pas été aussi simple que ça. Il m'a fallu réfléchir au fait que tu alimentais ton jeune enquêteur en conseils de toutes sortes qu'il gobait chaque fois comme des instructions à suivre pour éviter de se faire prendre.

— D'après toi, ça tient toujours la route ? m'inquiété-je.

— À la condition, mon cher Hubert, que tu prennes garde à ne jamais semer de doutes sur les bonnes intentions de Langdeau.

C'est bien la première fois que je mets Alban dans le coup à ce stade de mon processus de création. Je suis à la fois rassuré que ce rebondissement lui plaise et contrarié qu'il ait découvert ce qui se tramait. Il y a toujours un risque à collaborer avec des gens intelligents. S'ils vous aident à vous surpasser, en revanche, ils vous font parfois douter de votre travail.

— Toutefois, Hubert... Il reste qu'une question m'asticote à propos de ce Victor Langdeau.

— Vas-y!

— Pourquoi se sent-il obligé d'assassiner les femmes qu'il viole?

— C'est un psychopathe, Alban. Son désir de vengeance ne peut être assouvi que par la mort... Tuer lui procure un cocktail d'hormones encore plus puissant que l'orgasme!

Alban me jette un regard répugné assorti d'une grimace, comme si cette révélation semait le doute quant à mon état mental:

— J'espère que ce n'est pas ton imagination démoniaque qui a fait fuir Fanny?

Mon producteur s'engage sur un terrain glissant en abordant son départ. Il ne réalise pas à quel point je tenais à elle.

— Tu te fous de ma gueule?

— Elle couchait avec un p'tit jeune, c'est ça? me demande-t-il pour tenter à nouveau de me faire parler.

— Ce n'est pas parce que ton blanc-bec t'a laissé tomber pour un masseur érotique que Fanny se dévergonde pour autant.

— Merci pour ta délicatesse, Hubert. Mais tu comprendras qu'à notre âge, il n'y a peut-être que notre confort qui est apprécié à sa juste valeur par ceux qui osent nous désirer.

— Fanny n'était pas comme ça! Elle est partie par ma faute. C'est moi qui l'ai poussée en dehors de ma vie, par égoïsme. Et aujourd'hui, j'en paie le prix, lui avoué-je en jetant un coup d'œil au potager abandonné et flétri qu'elle avait créé en ce début d'été.

— Et tu n'as aucune nouvelle?

— Elle ne répond ni à mes appels ni à mes textos. J'ai même essayé d'aller lui parler, mais un gardien m'a gentiment fait comprendre que j'étais devenu *persona non grata* au CLSC. Je n'ai pas insisté…

Alban essaie de me rassurer en me disant que tout finit toujours par s'arranger, mais je n'entends rien d'autre que la colère de Fanny quand j'ai tenté, avec remords, de m'excuser et de la retenir alors qu'il était déjà trop tard. Mon entêtement avait fait des dommages irrémédiables.

Comme si je n'étais pas suffisamment contrarié, un véhicule sombre semblable à ceux de la morgue se stationne dans l'entrée. Cet anthracite, s'il est une couleur, me rappelle l'habit du croque-mort qui m'avait remis le contrat me confirmant que ma femme était bel et bien celle qu'on allait inhumer dans la prochaine heure. Je reconnais le lieutenant Piché — alias le Pic — qui descend de son fourgon. Il n'a pas choisi son moment. Heureusement que je n'ai pas une arme en main, je le chasserais de ma propriété en tirant en l'air comme on fait fuir un chien errant. Mais puisque j'ai déjà causé assez de dommages, je m'excuse auprès d'Alban, prétextant avoir une comédie à jouer.

Je ne sais pas si le lieutenant Piché est en mission de paix personnelle ou si c'est le ministre de la Sécurité publique qui l'a obligé à venir poser ce geste, mais à ma grande surprise, il me remercie pour le travail accompli jusqu'ici et m'offre en plus une indemnité comme dédommagement. Ça ne peut que cacher quelque chose.

— Merci, lieutenant. Mais mes droits d'auteur et mes contrats de scénarisation me suffisent comme émoluments. Je ne veux rien accepter qui puisse nous lier. Je dois rester indépendant.

— Le sergent Lanctôt a pris une initiative que je n'avais pas autorisée, mais qui, je dois le reconnaître, semble aujourd'hui avoir aiguillé notre enquête avec plus d'assurance.

— Vous trouvez ? dis-je avec un doute que je ne tente pas de cacher.

Piché n'ose pas me congédier officiellement. Il sait qu'il marche sur des œufs et qu'il ne peut se permettre de déterrer la hache de guerre, surtout à un moment aussi délicat. Mais je le vois venir avec ses courbettes et ses compliments. Il insiste :

— Voilà pourquoi je tenais, monsieur Quentin, à vous dire en toute sincérité que la SQ a apprécié votre travail. Je dois reconnaître que vous nous avez été très utile et que nous sommes maintenant en mesure de mieux poursuivre nos investigations.

Voilà que Piché parle de moi au passé. Ses compliments sont trop appuyés pour être sincères. Il n'a pas plus de considération pour moi que je n'en ai à son égard. Impossible de ne pas se méfier de cet homme. Quand quelqu'un vous lance des fleurs en regardant ailleurs, c'est signe qu'il ne pense pas ce qu'il dit.

— Ce n'est pas dans mes habitudes d'abandonner un projet en cours de route, insisté-je.

— J'ai déjà lu que vous songiez à la retraite. Pourquoi vous engouffrer dans cette enquête alors que vous pourriez couler des jours paisibles ?

— J'honore toujours mes engagements, lieutenant.

— Vous pourriez vous adonner au golf, à la pêche…

— Pour l'instant, c'est la chasse au psychopathe qui m'occupe.

Nous demeurons près de son véhicule. Je n'ai pas l'intention de fraterniser plus longtemps avec ce polichinelle qui me montre la porte que je refuse de prendre. Et il sait très bien qu'en insistant davantage, il pourrait se mettre les pieds dans les plats.

— Ce fut un plaisir de vous revoir, lieutenant.

Et pour qu'il comprenne bien que mettre fin au mandat qui m'a été confié par son subalterne n'est pas dans mes plans, je m'appuie sur sa portière alors que sa vitre est baissée pour ajouter :

— Vous ne m'aimez pas, Piché, c'est clair. Mais sachez que les médias vous regardent et qu'on ne vous donnera pas la chance de vous méprendre à nouveau à mon sujet.

— Je ne me suis pas mépris. Et vous le savez, précise-t-il, ajoutant être convaincu que je suis impliqué dans l'histoire non résolue pour laquelle il a déjà tenté de m'appréhender.

— Un conseil, Piché : n'affirmez jamais rien que vous ne pouvez prouver.

Nous n'avons rien d'autre à nous dire. Le Pic s'apprête à quitter l'endroit, visiblement agacé que je n'aie pas l'intention de tirer ma révérence et que, bien au contraire, je souhaite continuer à épauler son jeune érudit. Je le laisse poliment partir en retenant de toutes mes forces mon majeur prêt à être brandi au centre de ma main comme un couteau à cran d'arrêt. Dire que cet imbécile croyait se présenter chez moi avec un chèque pour m'évincer définitivement de cette enquête. Il a bien vu que je n'étais pas à vendre. Je n'abandonnerai pas Lanctôt tant et aussi longtemps que nous n'aurons pas arrêté le tueur en série qui terrorise les femmes enceintes, et surtout… tant que je n'aurai pas terminé mon scénario.

10

Renaud Labrie de la presse écrite, spécialisé dans les dossiers criminels, avait un jour fait ses choux gras d'un scandale à la SQ liant de hauts gradés à des initiatives d'ordre budgétaire. Sa série d'articles avait secoué la classe politique. C'est aussi lui qui avait rapporté les excuses de Piché alors qu'il avait reconnu s'être mépris à mon sujet dans l'affaire de la disparition de mon courtier. Labrie est un vieux de la vieille. Il travaillait déjà au *Journal de Montréal* à l'époque où le métier de typographe était encore promis à de belles années. Nous faisons à peu près le même travail d'enquête, à la différence que lui se contente de décrire et de commenter les faits, tandis que moi, je les modifie et les mets en scène dans une histoire fictive.

La peau du visage marquée par l'acné juvénile comme une sculpture qui ne serait pas achevée, le journaliste est assis au bar où il avale une gorgée de ce qui ressemble à du bourbon. Les ongles de sa main, ambrés par la cigarette, me confirment qu'il est bien droitier. C'est lui qui m'a donné rendez-vous dans ce bistro où je n'étais pas venu depuis une vie. Rien n'a changé ici, sinon le personnel qui a grisonné et le plafond qui me paraît plus haut qu'à l'époque. On dirait que le temps s'est arrêté. Le zinc est demeuré le même, les tabourets aussi, ainsi que la peinture pourpre et lustrée des murs. La variété de spiritueux semble s'être multipliée devant le miroir où les barmans et serveurs se démènent en cette soirée estivale. Renaud Labrie se lève pour me serrer amicalement la pince, enchanté qu'on se revoie. Nous nous sommes parlé à quelques reprises, sans toutefois avoir eu le temps de fraterniser. Il faut dire que le journaliste n'est pas affecté à la chronique cinéma, mais aux affaires policières et criminelles. Néanmoins, il connaît ma filmographie puisque Diane, mon attachée de presse, en raison de mon intérêt pour les crimes passionnels, l'a toujours invité au lancement des films dont j'étais scénariste.

— Tiens… si c'est pas le nouveau profileur criminel de la Sûreté du Québec, dit-il pour me taquiner.

J'avais bien imaginé que Labrie ne m'avait pas convié à ce rendez-vous pour critiquer mon dernier film. Je serais curieux de savoir qui a fait courir le bruit que je donnais un coup de main à Lanctôt. Le journaliste me commande un Jim Beam et en profite pour renouveler le sien.

— Les nouvelles se propagent à une vitesse que je n'aurais jamais imaginée... Cette collaboration devait rester confidentielle.

— N'empêche que c'est un scoop. Ça va sortir demain et je tenais à t'en aviser.

— J'imagine déjà la tête de Piché en lisant son journal demain matin. Ça n'aidera pas mes rapports avec le corps policier…

Le barman fait glisser un tumbler à fond épais dans ma direction et verse un peu de son élixir pendant que Labrie se justifie :

— Si je ne sors pas la primeur, Hubert, quelqu'un d'autre va le faire à ma place.

— J'ai pourtant travaillé de façon anonyme. Je peux savoir d'où vient cette information ?

— Un message sur ma boîte vocale. La voix était modifiée. Ça disait venir d'un employé de la SQ.

— Donc, de l'intérieur, dis-je en réfléchissant tout haut.

Je ne serais pas surpris que Lanctôt lui-même ait laissé filtrer l'information pour que Piché ne puisse pas me limoger. Il sait très bien que son patron se trouve dans une situation délicate et que les médias n'en feraient qu'une bouchée s'il osait à nouveau s'en prendre à moi. Peut-être cherche-t-il à protéger notre collaboration ?

— Je crois que c'est la même voix qui m'avait informé qu'on venait de retrouver une troisième femme enceinte assassinée, ajoute-t-il.

— Curieux, dis-je à haute voix.

Tout en m'assurant qu'il ne me citera pas contre mon gré, Labrie me demande de confirmer que nous soupçonnons le tueur de travailler dans le milieu hospitalier. Le journaliste veut en savoir un peu plus. Je ne peux rien dire, même s'il insiste :

— Je ne te donnerai pas tous les détails, Renaud, ça pourrait nuire au déroulement de l'enquête. Mais je peux te dire que notre tueur est dans la trentaine et qu'il manie le scalpel aussi bien qu'un lanceur de couteaux dans un cirque.

Le journaliste cherche ensuite un angle pour me faire parler de mes relations avec la SQ :

— Je n'étais pas au courant que tu avais renoué avec la Sûreté du Québec.

Comme tout a été dit dans les journaux sur cette vieille querelle entre le corps policier et moi, je n'ai pas l'intention de lui mâchouiller une réponse qui pourrait soulever la poussière.

— Tout va très bien Madame la Marquise, lui dis-je.

Une réponse qui ne semble pas le convaincre.

— Piché m'a déjà dit qu'il ne pouvait pas te blairer. *Off the record*, tu pourrais me dire pourquoi le courant ne passe pas entre vous deux ?

Je me méfie du « *Off the record* » de Labrie, pas certain du tout que cette conversation restera entre nous. La fonction « enregistrement » de son portable est probablement déjà en marche. Je n'ai rien à ajouter. D'ailleurs, ce que j'adore dans ce métier, c'est que je peux continuer à faire chier qui je veux sans qu'on mette un visage sur mon nom. Les scénaristes, tout comme les traducteurs, sont des travailleurs de l'ombre.

— Son erreur de déontologie qui m'impliquait a failli lui coûter son poste. C'est assez pour qu'il me déteste.

— Il a toutefois reconnu ses torts et s'est excusé.

— Croire ses propres mensonges, ce n'est pas ce que j'appelle de la sincérité…

— Donc, ça ne va toujours pas entre vous ?

— Nous nous parlons. Mais je ne peux pas présumer de ce qu'il ressent pour moi.

— Pourtant, tu m'as l'air tout ce qu'il y a de plus sympathique.

Labrie a beau me louanger, je reste sur mes gardes. Sans compter que quelques verres de bourbon pourraient rendre loquace n'importe quelle langue de bois.

— N'insiste pas, Renaud.

— Et si nous parlions des victimes, alors ?

— Tout a été dit. À part le fait qu'il y en aura d'autres. Je ne veux pas alarmer la population, mais un tueur en série ne s'est jamais arrêté après avoir fait si peu de victimes, lui dis-je en sirotant son nectar du Kentucky.

— Tu sais que ce genre de commentaires risque de semer la panique.

— Si tu veux mon avis, Renaud… ce serait une bonne chose. Vaudrait mieux que les femmes enceintes restent à la maison. Si ma fille était en pleine grossesse, je l'enfermerais chez moi !

— Et ce jeune sergent Lanctôt chargé de l'enquête, tu peux m'en parler un peu ?

— C'est lui que tu devrais interviewer, pas moi.

— Le service des communications de la SQ me dit poliment qu'il n'y a rien à ajouter à ce que le lieutenant Piché évoque dans les points de presse.

— Je ne suis pas le porte-parole de Lanctôt.

Il est temps de revenir aux choses sérieuses. Je meurs de faim. Une assiette d'os à moelle vient de me passer sous le nez. Je compte bien me laisser tenter moi aussi. En attendant, Labrie aimerait comprendre comment je m'y prends pour créer un personnage ou, plus précisément, pour dresser le profil d'un individu que je ne connais pas. Question de mieux illustrer ma méthode, je choisis de me payer un peu sa tête :

— Ton col de chemise est légèrement fripé. Ou bien tu n'as pas de femmes à séduire, ou bien tu n'as pas de fer à repasser. J'opterais pour le fait que tu t'en fous. Je me trompe ? Même chose pour tes chaussures, qui n'ont pas été cirées depuis des lunes. Tu n'accordes aucune importance à l'apparence. Tu es journaliste. C'est le contenu qui t'intéresse. Aussi, tu ne portes aucune bague ni aucun jonc. Il y a de bonnes chances que tu sois célibataire ou… esseulé. Ce qui expliquerait pourquoi tu picoles. Tous les barmans t'appellent par ton prénom. Tu dois donc passer plus de temps ici qu'à la maison. D'ailleurs, ça doit être le bordel chez toi.

— Va chier ! me dit-il gentiment.

Maintenant, Labrie sait comment je procède. Le métier de scénariste se compare à l'art de la pêche. On n'installe pas sa chaloupe au milieu d'un lac en attendant que ça morde. Il faut savoir que l'omble de fontaine — qu'on appelle communément la truite mouchetée — est un poisson à sang froid qui se tient en profondeur dans une zone à 14,4 degrés, alors qu'un brochet adore les joncs et l'eau à 25,6 degrés. Ces poissons ne mangent pas la même chose et ne réagissent pas non plus aux mêmes appâts. Pêcher est un art où les chances de succès sont surtout liées aux connaissances de la flore. Il faut savoir lire un lac pour mieux comprendre où le poisson séjourne. L'être humain est pareil. Je m'y intéresse encore plus qu'à la pêche aux salmonidés. Pour confectionner des personnages, je dois déterminer de quoi ils sont faits et à quoi ils réagissent. Une fois leurs caractères définis, ce sont eux qui me dictent ce qu'ils aiment, ce qui les anime, ce qu'ils font et, aussi, ce qu'ils détestent.

Alors que je dévore mon entrée d'os à moelle parsemé de ciboulette avec des croûtons de pain maison et un verre de sauvignon, Labrie veut savoir comment je sélectionne mes modèles pour créer des personnages.

— Un jour ou l'autre, les gens qui gravitent autour de moi finissent dans mes histoires. Ce sont même eux qui la font évoluer par leurs caractères. Je suis un peu comme un chef cuisinier. On a beau avoir de bons ingrédients, encore faut-il être en mesure de les apprêter. Le scénario s'écrit toujours avec plus d'aisance quand les personnages sont bien définis.

— Je n'avais jamais vu les choses de cette façon. En tout cas, j'espère que tu ne m'utiliseras pas dans ta prochaine histoire.

— Si tu révèles le contenu de cette rencontre, je fais de toi un personnage de mon nouveau scénario. Que choisis-tu ?

— C'est ce qu'on appelle un *catch twenty two*, m'avoue-t-il.

Au dessert, alors que j'envie un voisin de table qui s'empiffre d'une île flottante au caramel, notre conversation bifurque sur le nom à donner au tueur en série. S'il ne se nomme pas lui-même, c'est à nous de le baptiser. On ne peut quand même pas l'appeler « le tueur en série de Vaudreuil-Soulanges », trop générique. Il faut pouvoir l'identifier facilement quand on en parle. Le Zodiac, qui a tué une trentaine de personnes dans les années 1960 et 1970 en Californie, s'était lui-même surnommé ainsi. Mais là, nous ne savons pratiquement rien du tueur, à part le fait qu'il enfonce son scalpel dans le ventre de la mère pour en atteindre le fœtus. L'alcool aidant, il nous est passé par l'esprit plein de surnoms, mais nous avons finalement opté pour un label à consonance biblique : Judas. Pas à cause du baiser de la mort qu'il donna à Jésus, mais plutôt pour la petite ouverture centrale qu'il exerce sur le ventre de la mère, un peu comme l'œilleton au milieu d'une porte qui nous sert à voir qui nous rend visite. Après Jack l'Éventreur, le Zodiac et le Vampire de Brooklyn, voici maintenant Judas.

Labrie n'a pas perdu de temps. Il a dû passer une partie de la nuit à bosser sur son article « À la recherche de Judas ». Il faut dire que je l'avais bien alimenté à tous points de vue. Il a même osé rire de lui-même en empruntant des éléments de la description que j'en avais faite. C'est donc qu'il accepte de devenir un personnage de mon scénario. Il me sera d'ailleurs très utile. Les journalistes sont souvent la clé dans les histoires comme les miennes. Leur entêtement légendaire et leur esprit de synthèse les rendent parfois essentiels au dénouement de l'intrigue.

Je ne sais pas ce que Lanctôt a pensé de cet article, mais à en juger par la vitesse où le jeune enquêteur descend de sa voiture et entre chez moi, je doute finalement que ce soit lui qui ait révélé notre collaboration à Renaud Labrie. Alors qu'il n'est pas encore dix heures du matin, mon salon se transforme en cellule de crise.

— Mais qu'est-ce que vous avez fait là, Hubert ? Maintenant qu'il connaît mon nom, ce détraqué va me harceler personnellement !

— Je n'ai divulgué aucune information ! C'est parce qu'il s'apprêtait à publier cet article que Labrie a demandé à me rencontrer.

— Alors qui lui a dit à mon sujet ?

— Aucune idée !

Lanctôt fait les cent pas dans la maison. S'il continue de s'étourdir de la sorte, il va soulever la poussière et activer ses allergies. Ce qui ne l'avancera à rien. C'est trop tard, il commence déjà à se moucher.

— Écoutez, Lanctôt. Vous allez devoir vous ressaisir ou changer de métier. Parce que ça fait partie de votre job d'être dans la mire de ce genre de tueur. Et c'est une bonne chose puisqu'il tentera peut-être d'instaurer un dialogue avec vous.

— Quand il découvrira que ma femme est enceinte, elle deviendra sa prochaine cible! Vous n'y pensez pas, Amélie sera bientôt dans son sixième mois de grossesse…

— Raison de plus pour que vous cessiez immédiatement de me sermonner et retourniez à ses côtés. Si c'était ma fille ou mon épouse, il y a longtemps que je l'aurais envoyée outre-mer! Si vous craignez pour la sécurité d'Amélie, demandez à Piché qu'on poste un garde à proximité de la maison.

— Elle a dû quitter son emploi de chimiste parce que certains produits du laboratoire auraient pu mettre en danger sa grossesse. Tout ce qui lui reste, c'est quelques heures de bénévolat par semaine. Je ne vais quand même pas lui enlever ses seules sorties…

Mieux vaut ne courir aucun risque. Ce genre de tueur est imprévisible. Il réitère ses crimes au gré de ses pulsions et de sa folie. Et même si, généralement, il ne connaît pas sa proie avant de la choisir, il pourrait très bien faire une exception pour narguer le policier à ses trousses.

Souvent, les tueurs en série sont des monstres psychosexuels, mais là, Judas n'a pas de rapports sexuels avec ses victimes. Nous sommes devant un rare cas où le meurtrier se contente de prendre son pied en assassinant ses victimes. Je ne suis pas un spécialiste en analyse comportementale, mais il semble que la clé de notre affaire réside dans ce fœtus que notre psychopathe tue précisément à six mois, en même temps que la mère.

Malgré toutes mes réflexions et ces pressentiments, je demeure habité par une question: si ce n'est pas Lanctôt qui a révélé à Renaud Labrie qu'il avait recours à mes services, qui l'a fait?

— En dehors de Piché, qui de votre équipe aurait avantage à faire échouer notre collaboration?

— Personne! Pourquoi? Nous travaillons tous main dans la main pour capturer celui que vous venez de baptiser «Judas», ajoute-t-il sur un ton ironique.

— Je ne veux pas vous alarmer Lanctôt, mais je crois que quelqu'un de chez vous s'amuse à couler des informations à la presse.

— Vous êtes sûr de ce que vous avancez?

— Labrie m'a dit que la première fois que son interlocuteur l'avait appelé, il était arrivé sur les lieux du crime en même temps que votre escouade.

— Vous en êtes bien certain? insiste Lanctôt, médusé par ma révélation.

Pourquoi un employé de la SQ s'amuserait-il à bousiller l'enquête? Quelqu'un en voudrait-il à ce point à Lanctôt? Mais pourquoi? Je n'en ai pas parlé tout de suite au jeune sergent, mais mon petit doigt me dit que c'est peut-être Judas qui communique avec le journaliste. Et si cette intuition est bonne, cela signifie que nous franchissons une nouvelle étape de notre enquête: Judas nous observe et il souhaite qu'on parle de lui. Et comme dans n'importe quel scénario, ce pivot risque de nous entraîner dans une autre direction.

11

DEPUIS LE DÉBUT de cette histoire, je crois savoir qui pourrait m'aider à élucider le sens de ces gestes aussi cruels qu'énigmatiques, mais je n'ai pas osé aborder cette éminente psychiatre depuis que je lui ai préféré ma défunte femme. Je me suis retenu d'appeler Élisabeth pour ne pas raviver le souvenir d'une histoire qui a mal tourné. Mais si quelqu'un peut me venir en aide aujourd'hui, c'est bien elle.

Une plaque en bronze gravée « Dr Élisabeth Pelletier — Psychiatre et psychanalyste » est coulée dans la pierre du portail d'une maison cossue de la Côte-Sainte-Catherine, dans le quartier huppé d'Outremont. Les patients qui s'y présentent doivent gravir une vingtaine de marches pour accéder à la demeure. Il faut aussi avoir l'énergie nécessaire pour pousser cette lourde porte en chêne assortie d'une petite fenêtre plombée qui laisse à peine pénétrer la lumière du jour, pour éviter sans doute que les secrets qu'on y dévoile ne se dérobent. Mais ce n'est rien à côté des épreuves que j'ai dû affronter pour gagner le cœur de cette femme avant que la vie me force ensuite à l'abandonner.

« Incorrigible entêté », me disait souvent Florence quand je tenais mordicus à quelque chose. C'est d'ailleurs en raison de ce même acharnement que je me retrouve seul aujourd'hui. Un professeur au collège m'a déjà dit que l'entêtement était mon principal talent. J'espère qu'une douzaine de scénarios plus tard, il y verrait aussi d'autres aptitudes.

Alors que je patiente sur une bergère en velours vieux rose dans la salle d'attente de ce palais des rois, je m'émerveille devant un gigantesque tableau signé Gab. Je ne connais pas l'auteur de cette œuvre, mais je dois reconnaître qu'elle me parle et m'intrigue. Une femme mi-nue avec un serpent tatoué sur le bras. Il faut bien être psychiatre pour accrocher un tableau pareil dans une salle d'attente. Peut-être y est-il suspendu pour que je réfléchisse un moment à l'abstraction de l'œuvre et à ce qu'elle peut représenter. Je ne savais pas qu'Élisabeth était devenue une amatrice d'art. Il est vrai que ce penchant se manifeste souvent avec les années. Et évidemment, avec le fric. Je l'ai surtout connue experte en problèmes humains. Elle avait fait de la perversité et de la délinquance sexuelle sa spécialité. Attachée depuis plus de quinze ans à l'Institut Pinel, un hôpital psychiatrique à haute sécurité, elle a écrit plusieurs ouvrages et accordé autant d'entrevues quand l'actualité l'exigeait.

Une porte bien feutrée laissant à peine passer quelques murmures s'ouvre finalement après une vingtaine de minutes d'attente. Juste assez longtemps pour que j'en vienne à me demander si mon rendez-vous a bel et bien été confirmé et si toutes ces années ont suffi à Élisabeth pour me pardonner. Un garçon d'environ vingt ans, portant une casquette, des lunettes solaires et arborant des bras en partie tatoués, quitte le bureau. Il se demande sans doute qui est ce vieux schnock qui s'apprête à raconter ses délires sexuels. La jeune quinquagénaire apparaît presque aussitôt dans toute sa grâce et sa prestance. Je reste là, à distance, mesurant les années qui nous ont séparés, sans faire aucun mouvement dans sa direction. Notre relation remonte quand même à une vingtaine d'années.

— Je n'étais pas certain que tu accepterais ce rendez-vous, lancé-je pour plaisanter.

— Tu ne m'embrasses pas ? réplique-t-elle pour me taquiner.

Étreindre une femme qu'on a déjà aimée, ne serait-ce que quelques mois il y a deux décennies, représente une rare occasion de replonger dans son passé. Ingmar Bergman connaissait l'art de filmer ce genre de fragments de vie. Après cette brève accolade au cours de laquelle je crois me souvenir du parfum de sa peau et de la douceur de sa nuque, j'accompagne Élisabeth jusqu'à son bureau où je m'installe dans le fauteuil du patient, un rôle, vu mon âme en peine, qui me convient assez bien. Je me mets à bavarder, incapable de soutenir le silence qui règne dans la place. Je lance des banalités, du genre :

— J'habiterais volontiers dans le garage d'une maison comme la tienne.

— Je te rappelle que tu as fait les manchettes l'année dernière... Il y était question de ton manoir normand en Montérégie. Tu ne t'en tires pas mal non plus…

Nous nous apprivoisons ainsi durant quelques minutes, laissant rapidement tomber nos masques. J'apprends qu'elle vit seule et que sa vie professionnelle l'occupe du matin au soir. Elle aurait suivi ma carrière à distance et vu la plupart des films dont j'avais écrit les scénarios.

— Et aujourd'hui, tu es en panne sèche ou quoi ?

— Je suis toujours scénariste, mais on se sert de moi comme profileur criminel parce que j'ai écrit quelques histoires de meurtres un peu biscornues.

— J'en ai entendu parler. Je n'ai pas été surprise. Tu as toujours été un peu tordu.

— Une autre personne a récemment fait un commentaire semblable. Je vais commencer à croire que c'est vrai, lui dis-je.

— À un certain moment, j'ai pensé que tu avais pris ta retraite. On n'entendait plus parler de toi.

— Je n'ai pas écrit durant quelques années après la mort de Florence.

— J'ai eu vent de la nouvelle. Désolée, ajoute-t-elle, sèchement.

— Mais je me suis remis en selle il y a un moment. Ce sera mon deuxième scénario depuis ma rédemption.

Élisabeth se lève, ouvre sa crédence, en sort une bouteille de cognac et brandit deux verres :

— Je t'offre quelque chose à boire, Hubert ? Après tout, c'est un soir de retrouvailles !

— Dans la mesure où cela ne t'empêche pas de m'aider à analyser la psyché du fou furieux qui me cause de l'insomnie.

— Et surtout, que ça ne t'incite pas à baisser ta braguette comme à l'époque, ajoute-t-elle.

Je reconnais la répartie d'Élisabeth. Et en même temps, je crois qu'elle tient à marquer son territoire. N'entre pas qui veut dans son jardin pour piétiner ses fleurs ou son couvre-sol. Accepter cette rencontre ne signifie pas pour autant qu'elle m'a pardonné.

— Quelle histoire morbide, ce Judas ! me dit-elle en me remettant le ballon délicat de Courvoisier Napoléon Fine Champagne.

Porté à sa bouche, ce verre la rend encore plus sexy. Je ne me rappelais pas qu'il arrivait à Élisabeth de lamper ce spiritueux. Je me souviens toutefois d'avoir déjà léché du champagne sur ses seins. Je ne compte plus les fois où je me suis vautré au lit avec elle jusqu'au petit matin. Nos amours avaient duré presque six mois.

— Ton mari t'a quitté ou tu l'as foutu à la porte ? lui demandé-je, comme si l'alcool, jumelé à notre intimité passée, me permettait cette curiosité.

— Je l'ai tué, lance-t-elle à la blague.

Et puis, elle me révèle qu'il s'est exilé en Australie il y a de nombreuses années, où il s'est remarié à une hôtelière qui avait la moitié de son âge.

— Je suis certain que tu n'es pas en panne d'amants.

— Le seul véritable homme de ma vie, celui qui ne m'a jamais fait faux bond, c'est Gabriel, mon fils.

— Je ne savais pas que tu avais eu des enfants.

— Il est peintre.

— Le tableau dans ta salle d'attente, signé Gab, c'est de lui ?

— Je suis mère et mécène, laisse-t-elle tomber, amusée.

— Eh bien, dis donc, il a du talent ! Ce tableau m'a complètement envoûté.

— Parle-moi plutôt de ce qui t'amène.

— Je cherche à comprendre ce qui motive ce fou qui tue des femmes enceintes. Il n'a aucun rapport sexuel avec ses victimes. Il se contente de les tuer, elles et leurs fœtus.

— Peut-être que s'il tue l'enfant à travers sa mère, c'est parce qu'il ne pardonne pas plus l'existence de l'un que celle de l'autre.

— Va-t-il répéter son crime *ad vitam æternam* ?

— Ce genre d'individu n'éprouve aucune empathie face à la détresse des autres et, surtout, ne ressent aucun remords après leur avoir fait du mal. Il peut répéter ce geste tant et aussi longtemps qu'il n'est pas rassasié ou jusqu'à ce qu'un quelconque événement survienne et mette fin à sa quête.

— La culpabilité ne l'atteint jamais ? demandé-je, décontenancé.

— Les psychopathes ont un comportement parfaitement antisocial, ajoute Élisabeth en continuant de réfléchir.

— Je ne sais pas comment ces fous réussissent à vivre en société…

— Un psychopathe a déjà prétendu qu'il se sentait comme un tableur Excel qui travaille continuellement sur ce qu'il faut faire et ce qu'il faut dire en calculant toujours les résultats possibles. Ils réussissent ainsi à déjouer presque tout le monde.

— Comment peut-on en arriver là ?

— L'influence de traumatismes de l'enfance associés à des troubles biologiques héréditaires. Tous les psychopathes répondent à ces critères, m'assure Élisabeth.

— Ce fou n'a pas de cœur.

— Ils font généralement preuve de dominance sociale… Leur absence de pitié et d'inhibitions est un cocktail parfait pour tuer à répétition et sans remords !

— Non mais qu'est-ce qui a pu arriver à ce type durant son enfance pour qu'il tue des femmes enceintes de six mois ? insisté-je.

— Sans doute victime d'un abus physique, sexuel ou émotionnel, répond Élisabeth, plongée dans ses pensées.

Sa tête appuyée sur ses bras délicats, elle continue de cogiter. Il me revient soudainement à l'esprit le bouquet de ses baisers et la douceur de sa langue quand nous ne faisions qu'un. Et aussi, ses yeux qui pleuraient parfois de bonheur quand elle se blottissait contre moi. Nous vivions un amour aussi intense et impossible que Jack et Rose dans *Titanic.* Je l'avais avertie à maintes reprises que je ne quitterais jamais Florence. Elle ne m'avait pas cru, jusqu'au jour où j'avais dû mettre un point final à notre relation. Et pourtant, je l'ai aimée autant qu'il est possible d'aimer.

Nous passons de son bureau à la cuisine, où je prépare des pâtes à ma façon, et enfilons successivement deux bouteilles de chianti en nous remémorant les souvenirs d'une semaine en Toscane que je croyais enfouis au fond de moi pour toujours.

— Tu n'as pas changé, lui dis-je en appréciant mon dernier verre de vin. Tes patients à Pinel doivent attendre en file pour se faire psychanalyser, ajouté-je.

— Malik, un délinquant sexuel, me confie être obnubilé par ma chatte chaque fois que je lui rends visite dans sa cellule, raconte-t-elle en riant. C'est un génie. Et je ne mâche pas mes mots. Cet ancien neurochirurgien a abusé de médicaments qu'il prescrivait et est devenu complètement fou. Ça m'arrive de le consulter pour avoir son opinion quand je suis en panne.

Je n'oserais jamais lui dire ce qui me passe par la tête, mais je reconnais que ce détenu et moi partageons les mêmes appétences.

— Tu vois quelqu'un ? laisse-t-elle tomber de but en blanc, comme si ma situation conjugale pouvait avoir un quelconque intérêt.

— Jusqu'à tout récemment, j'avais une copine, Fanny. Une fille formidable. Elle m'a inspiré en partie mon dernier scénario. Je me suis mis à réécrire grâce à elle.

— Tu n'as pas dit « femme » une seule fois. Mais « copine » et « fille formidable ». J'en conclus que, encore une fois, tu as besoin d'assouvir tes envies passionnelles avec une nymphe.

J'ignore si le fait d'être assis face à une disciple de Sigmund Freud y est pour quelque chose, mais je me sens tout à coup analysé.

— Je crois avoir tout gâché par égoïsme, lui avoué-je.

— Je connais bien cette douleur. Ça m'est arrivé. On y survit, ajoute-t-elle avec un sourire sarcastique.

— Et vlan dans les dents ! dis-je pour lui confirmer que je devine bien où elle veut en venir.

— Sois rassuré, mon cabinet est fermé à cette heure, lance-t-elle comme si elle ne souhaitait pas développer davantage, précisant toutefois que ce ne peut pas toujours être à l'autre de souffrir.

Discuter de ce qui est arrivé entre nous aussi tard dans la nuit n'est pas le scénario que j'avais envisagé pour ces retrouvailles. Mais je dois faire face à la situation.

— J'ai été un trou du cul avec toi, je le reconnais. Mais pour ma femme et ma fille, ce fut le contraire. Il fallait que ce petit jeu cesse entre nous.

— Tu m'as quittée froidement, sans jamais me rappeler pour savoir si je croupissais dans ma chambre, sans te préoccuper de ce que je devenais alors que je me sentais rejetée comme un vulgaire jouet dont tu t'étais lassé.

— Ça n'aurait qu'envenimé les choses, Élisabeth. Cette rupture a été pénible, mais nécessaire.

— À ton point de vue, dit-elle, en s'allumant une cigarette qu'elle sort d'un paquet d'urgence caché au fond d'un tiroir.

C'est ainsi qu'en quelques minutes à peine, je me retrouve à incarner un personnage dans un psychodrame où les couples s'entredéchirent au nom de l'amour. Il semble que le moment soit venu de régler nos comptes. Il me faut aussi allumer une cigarette.

— Tu n'aurais pas aimé vivre avec un homme qui ne fait que regretter sa famille. Ça n'a pas été beaucoup plus amusant pour Florence, qui a bien deviné que je pensais à toi sans cesse, lui dis-je en tentant de la raisonner.

— Sauf qu'elle avait gagné la partie. Tandis que moi, je me suis retrouvée seule comme une belle idiote. Aussi bien te dire que j'ai eu ma leçon. Je n'ai plus jamais fréquenté un homme marié.

Cette conversation est en train de devenir un supplice. Après quelques échanges où je ne cesse de lui exprimer mes regrets, je lui prends la main en souriant.

— Je suis content de t'avoir revue. J'ai suivi tes succès à distance. Tu mènes une carrière formidable.

— Il n'y a que cela qui m'ait toujours réussi… Je me suis jetée la tête la première dans mon monde de fous. Probablement parce que j'avais plus d'affinités avec eux qu'avec les gens normaux, ajoute-t-elle sur un ton ironique.

— Le travail ne nous déçoit jamais. C'est souvent ce refuge qui rend notre vie plus belle… Écrire m'a permis de survivre et de me réconcilier avec le passé.

Quand une conversation devient philosophique, c'est parfois parce que le temps a passé et que tout a été dit. Je ne suis plus certain si Élisabeth m'écoute encore ou si elle réfléchit aux années qui se sont écoulées. J'ai le réflexe de me lever.

— Je suis heureux que tu aies accepté de m'aider. Mais là, je pense que je vais y aller, lancé-je en regardant ma montre.

— Je t'interdis de partir avant demain matin. Avec la quantité d'alcool que tu as ingurgitée, ce serait plus sage que tu dormes dans la chambre d'amis. Je t'ai déjà détesté, mais pas au point de te laisser plonger dans le fleuve en tentant de traverser le pont Victoria.

Je suis venu ici pour prendre conseil et je m'endors chez une femme que j'ai aimée dans une autre vie. Il semble que notre amitié ait survécu à l'amour. Je m'assoupis à quelques mètres de sa chambre en me perdant dans les souvenirs de notre histoire interdite et, surtout, j'oublie pour un instant les images de meurtres qui occupent tant mon esprit.

12

JE REDOUTAIS cet appel depuis un moment. C'est Lanctôt. Je dois le rejoindre sur les lieux d'un crime où on vient de découvrir le corps d'une quatrième jeune femme enceinte assassinée, comme les autres. L'histoire se répète. Judas a encore frappé.

Nous progressons trop lentement, et le psychopathe poursuit son carnage. Son *modus operandi* demeure le même. La victime a été retrouvée sans vie dans un terrain vague. La police a ratissé toutes les rues avoisinantes pour recueillir des témoignages ou trouver de quelconques indices, mais rien. J'arrive sur les lieux, où Lanctôt et son équipe élargie prennent des photos et tentent d'identifier des éléments de preuve qui seront conservés au greffe du tribunal. Je rencontre pour la première fois Josiane, la médecin légiste, qui se charge du corps sur le point d'être transporté à la morgue de Montréal, où elle effectuera l'autopsie à titre de coroner. J'avais stationné ma voiture à côté de la Jeep noire de la jeune femme sans savoir qu'elle occupait un poste si important. Comme dans le monde du cinéma, je constate que les gens qui m'entourent dans l'enquête ont tous plusieurs années de moins que moi. D'après cette pathologiste, le décès de la nouvelle victime remontrait à la veille, comme ce fut le cas pour les autres. Elle base tout simplement son évaluation sur la contracture de la mâchoire et l'opacification de la cornée.

Ainsi, pour la première fois depuis le début de ma collaboration, je suis invité sur la scène de crime. Mon anonymat n'étant plus requis, je peux circuler librement, vêtu d'une combinaison de protection intégrale en polypropylène pour éviter de contaminer l'endroit. Les mouches, qui sont aussi des charognards, tournent autour de la plaie de la jeune femme assassinée dont la robe est partiellement souillée. Comme les autres, un sac opaque lui couvrait la tête, avant que Josiane le lui retire pour qu'un policier scientifique en prenne des photos. Il semble que le bourreau ne s'habitue toujours pas à regarder les femmes qu'il tue. Tente-t-il ainsi d'éviter de se sentir coupable?

Je remarque qu'il manque une chaussure au pied gauche de la victime. L'assassin a dû l'échapper sans s'en apercevoir. C'est d'ailleurs la première fois que le tueur commet une erreur. Car s'il n'a pas eu le temps de revenir chausser sa victime, c'est peut-être qu'il aurait croisé un témoin et jugé qu'il serait hasardeux de revenir sur les lieux où il a abandonné la jeune femme. C'est le raisonnement dont j'ai fait part à Benoît Rondeau — alias Ben —, un subalterne qui travaille pour Lanctôt depuis le début de l'enquête. Une course contre la montre s'amorce aussitôt pour retrouver la chaussure et, surtout, ratisser le secteur où des indices pourraient être découverts. Une zone potentielle de cinq cents mètres carrés a été définie. Aucune trace de la chaussure de la victime. Aucune autre piste, d'ailleurs. Comme toute scène de crime, celle-ci est ceinturée par un ruban de sécurité de couleur jaune à partir duquel Ben prend des photos pour identifier les badauds au loin qui s'intéressent à l'événement. Souvent, le tueur s'immisce parmi eux pour venir contempler son œuvre.

Je circule sur ce grand terrain à l'abandon derrière un ancien entrepôt où le vent balaie la poussière et fait pencher les roseaux faméliques qui poussent dans la pierre. J'observe Lanctôt au passage. Il reste à une certaine distance du corps. Son hémophobie semble continuer à le tourmenter. C'est sa quatrième scène de crime depuis le printemps. Au rythme d'un cadavre par mois, l'habitude de voir des victimes assassinées finira bien un jour par émousser sa vulnérabilité.

Dans le ciel, au-dessus de la scène de crime, une trace blanche laissée par un avion donne l'impression de séparer le monde en deux. Je songe alors au fait qu'il y a eu une vie avant ma rencontre avec Fanny, et qu'il y en a une également depuis son départ. Je me demande si elle est plus heureuse maintenant avec docteur Jambes-en-l'air. Impossible de la chasser de mon esprit. Tout me ramène continuellement à Fanny. Je n'ai pas repris l'écriture de mon scénario depuis son départ, et il semble que ce ne soit pas aujourd'hui que je vais m'y remettre. Ma douleur s'estompe un peu plus chaque jour, mais rien n'est encore cicatrisé après toutes ces nuits de solitude. Il y a quelques semaines à peine, je recevais une onde de choc chaque fois que le téléphone sonnait, pensant que Fanny appelait pour m'annoncer qu'elle me pardonnait, ou mieux, qu'elle s'ennuyait de moi. Ça n'a jamais été le cas. J'ai eu des coups de fil de ma fille, d'Alban, d'un sondeur et même d'un vendeur de couteaux, mais jamais de Fanny, qui me considère aujourd'hui comme un manipulateur condescendant. Ce sont ses derniers mots. Je suis non seulement abandonné, mais aussi méprisé.

Alors que Lanctôt répond au téléphone, j'aperçois au loin Renaud Labrie qui me fait signe d'approcher.

— *Off the record*... tu peux me confirmer, Hubert, que c'est bien une quatrième victime de notre assassin ?

Je hoche discrètement la tête pour attester le tout. Labrie acquiesce et retourne à sa voiture en prévenant à distance son chef de pupitre de lui garder la une du journal. Tous ceux qui sont en mesure de faire avancer l'enquête méritent mon aide.

Labrie pourrait s'avérer un précieux atout quand viendra le temps de communiquer un message à l'assassin.

Après avoir tourné autour du pot un moment, Lanctôt m'apprend que l'équipe s'agrandit. Piché lui a annoncé par téléphone qu'un nouvel expert se joindrait maintenant à l'enquête et qu'il serait déjà en route. C'est sans doute l'astuce que le Pic a trouvée pour m'exclure. Il souhaite que je me sente de trop. Ça semble réussi.

— Il prétend avoir eu de la pression du ministre, qui trouvait que l'enquête faisait du surplace.

— Et quel serait au juste le rôle de cet expert ? lui demandé-je, curieux de savoir si je devrais me retirer sur-le-champ.

Pour s'assurer que je ne m'enfuirai pas comme un voleur, Lanctôt met des gants blancs avant de me répondre. Mais je m'impatiente et le questionne :

— Cessez de tourner autour du pot, Lanctôt. C'est quoi sa spécialité, à ce mystérieux expert ?

— Psychologie du meurtrier, finit-il par m'avouer.

Je me doutais bien que ce poltron de Piché parviendrait tôt ou tard à trouver le moyen de me limoger sans le faire directement. Alors que j'ai la soudaine impression que ma participation à l'enquête est devenue superflue et que j'envisage sérieusement de foutre le camp, une BMW au pare-brise légèrement craqué se stationne derrière la Jeep de Josiane, la légiste. Je suis curieux de savoir quel génie Piché a désigné pour mener l'enquête sur les meurtres en série. Je reconnais la crinière et le sourire retenu d'Élisabeth juste avant que nos regards se croisent. Je me retourne aussitôt vers Lanctôt :

— Vous direz à Piché qu'il ne pouvait pas faire un meilleur choix. J'ai déjà eu l'occasion de rencontrer cette psychiatre, dis-je, sans préciser davantage le caractère de nos relations.

Une fois ces « nouvelles retrouvailles » faites, je marche un moment, seul, en compagnie d'Élisabeth qui admet avoir dû insister auprès de Piché pour que je continue à faire partie de l'équipe. Je savais bien que le Pic tenterait par cette nomination de me tasser comme on l'a fait avec Tom Cruise dans *Jerry McGuire*, un congédiement déguisé pour mettre fin à ma collaboration. Cet imbécile de Piché ne se doute pas qu'il vient d'embaucher mon ancienne flamme et que ce nouveau meurtre nous permettra peut-être de jumeler nos efforts pour le faire chier davantage.

— Je ne voudrais pas, Hubert, que tu y voies une occasion de rapprochement autre que professionnel. C'est clair ? précise-t-elle en regardant autour pour faire semblant que notre conversation n'a rien de personnel.

— L'idée ne m'est jamais venue à l'esprit. Tu me confonds avec les psychopathes que tu soignes…

— Je tiens à ce que le passé reste derrière nous, insiste-t-elle pour éviter tout malentendu.

— Ce sera une collaboration professionnelle, promis.

Il n'y a bien qu'au cinéma qu'on peut imaginer pareil rebondissement. Ce n'est sans doute pas un hasard si, pour la première fois depuis que Fanny m'a quitté, je ressens le besoin de me remettre à écrire. D'ailleurs, cette nouvelle trame amoureuse s'ajoutera à mon récit. Alban m'en avait glissé un mot, mais n'avait pas insisté vu le choc causé par le départ de Fanny. De toute évidence, cela manquait à mon scénario. Peut-on imaginer une histoire où il n'y aurait que des meurtres et du suspense ? Le cinéma doit être comme la vie. Le spectateur ne doit pas seulement s'affoler, mais également pouvoir s'émouvoir pour apprécier pleinement un récit. Les turpitudes d'une histoire, aussi sombre et ignominieuse soit-elle, ne peuvent suffire à le contenter.

Une nouvelle page de mon scénario s'écrit. Après avoir été abandonné par sa belle, le scénariste voit l'occasion de ranimer une vieille flamme avec la psychiatre chargée de diriger l'enquête. Mais comme Élisabeth continuera de résister à toute tentative de séduction, j'ignore encore de quelle façon cette histoire se bouclera au troisième acte. Mais ça viendra. Je laisse habituellement mes personnages exprimer eux-mêmes leurs sentiments et conclure ce genre d'intrigue.

Si cette trame faisait défaut dans mon scénario, je sais à quel point elle manque aussi à mon quotidien. Je continue de rêver que Fanny sonne à ma porte et qu'elle m'ouvre ses bras. Il faut savoir inventer l'espoir.

13

J'AI DÉCIDÉ de ranimer le potager de Fanny qui, depuis son départ, est devenu le mien. Les plants de tomates étaient en train de rendre l'âme. Certaines fleurs avaient fané et la terre était craquelée de sécheresse, tout comme mon cœur d'ailleurs. Je leur ai donné un peu d'amour et, surtout, je leur ai mis du Beethoven. C'est Florence qui m'avait fait connaître cette méthode. Elle prétendait que la musique aidait à les faire pousser. Je ne l'ai jamais cru, mais j'ai fini par l'expérimenter avec succès. Et puis, la *Neuvième* rend le sarclage tellement plus agréable. Si Florence m'a appris à drageonner les plants correctement pour leur donner plus de vigueur, elle disait aussi qu'avoir les mains dans la terre permettait d'oublier les vicissitudes de la vie quotidienne. Comme si bêcher pouvait nous rendre plus heureux. Un doute persiste dans ma tête. Une femme m'a quitté et j'en ai quatre autres assassinées sur la conscience parce que je n'arrive toujours pas à trouver leur assassin, et même avec les mains dans la terre jusqu'au coude, je ne parviens pas à les oublier.

Alors que je suis recroquevillé comme une bête malade à fouiller le sol pour voir où en est la germination des carottes, McGuiness vient me rendre visite. Il est au courant du départ de Fanny, mais nous n'en avons jamais parlé. Les hommes privilégient souvent le silence pour murmurer leur malheur ou exprimer leur désolation. Je ne sais pas si c'est par compassion ou seulement par curiosité, mais il donne l'impression de s'inquiéter :

— Je n'avais pas de nouvelles, dit-il comme un vieux copain en cherchant mon regard.

— Tu peux voir que je tente de me changer les idées. J'en avais bien besoin. Je termine à peine une séance de travail intense sur ce foutu Judas, ajouté-je, en l'invitant à venir s'installer sous un chêne dans le jardin.

Un homme ne visite jamais son voisin pour le consoler. Nous sommes à l'âge où nous savons qu'il n'y a que le temps qui arrange les choses. Ou peut-être McGuiness vient-il seulement ici pour m'emprunter un outil qui lui manquerait ? À moins qu'il ne veuille avoir des nouvelles de Patrick Lanctôt, son protégé ? Ça lui en fait beaucoup sur les épaules, à ce jeune.

— Tu ne me croiras pas, Hubert, mais j'ai quelque chose d'intéressant à propos de Laurent Dumont…

Je coupe aussitôt mon visiteur d'un geste de la main pour ne pas entendre ce qu'il s'apprête à m'annoncer.

— Écoute, McGuiness… Cette histoire de Collège des médecins a suffisamment foutu le bordel dans ma vie comme ça. J'ai ouvert une boîte de Pandore et cela m'a éclaté au visage. Je suis passé pour un sale égoïste alors que je faisais surtout cela pour protéger Fanny d'un prédateur.

— Justement, mon contact vient de m'appeler. Il y aurait eu d'autres dénonciations ! Deux femmes auraient récemment porté plainte contre Dumont… Et ça, c'est seulement celles qui l'ont signalé. S'il fallait que ça se sache, il y en aurait peut-être plus, insiste-t-il.

La révélation de McGuiness m'embarrasse davantage qu'elle ne me convainc de poursuivre l'investigation. Je souhaiterais ne plus être mêlé à l'histoire de ce trou du cul.

— Tu ne trouves pas que Fanny me déteste suffisamment comme ça ?

— Tu préfères que j'abandonne l'affaire ? s'enquiert McGuiness.

Comment pourrais-je me mettre la tête dans le sable et laisser ce dépravé continuer à déshonorer des jeunes femmes de la sorte ? Il toucherait à un seul cheveu de ma fille et je l'étriperais. Je suis tiraillé. Mon cœur et ma raison se confrontent. Ce dilemme serait formidable dans un scénario, mais voilà, c'est la réalité.

— Tu es bien certain de ce que tu avances ?

— Ma source est fiable, Hubert. Ce que je te raconte est fondé sur des documents auxquels j'ai eu accès et qui émanent de…

Au moment où McGuiness continue de se justifier, Élisabeth sort de la maison avec deux bières à la main. Mon voisin me jette un regard, l'air de se demander comment un escogriffe comme moi réussit à faire atterrir coup sur coup de si jolies femmes dans sa vie. Mais je désamorce aussitôt ses pensées lubriques :

— Élisabeth est psychiatre et psychanalyste, attachée à l'Institut Pinel. Une vieille amie… Elle n'est pas ici pour me soigner, ajouté-je à la blague. Je suis fou, mais pas encore à ce point. Parce qu'elle est spécialisée en psychologie du meurtrier, notre ami commun, le lieutenant Piché, a insisté pour qu'elle nous vienne en aide, à Lanctôt et moi, dans l'enquête sur Judas.

— Il semble que vous ne serez pas de trop pour aider l'équipe, lance-t-il à Élisabeth.

Les présentations faites, McGuiness tente maladroitement de cacher qu'il est désarçonné par la présence de mon invitée. Il continue de prospecter aveuglément mon jardin comme s'il pouvait y trouver quelque chose d'autre à dire à propos de l'enquête en cours. Élisabeth ne devine pas son malaise :

— Je peux vous offrir une bière, monsieur McGuiness ? dit-elle en lui tendant une bouteille.

C'est bien la première fois que je le vois refuser du houblon. Peut-être croit-il que je lui raconte des histoires et qu'Élisabeth est chez moi pour forniquer… N'importe quel homme normal, à plus forte raison quand il a consacré son existence à enquêter, se poserait des questions sur le véritable état de notre relation. Probablement effarouché par l'idée de nous avoir importunés, McGuiness prétexte un rendez-vous pour quitter les lieux.

— Je ne faisais que passer saluer Hubert. Je ne veux pas que Marilou s'inquiète.

Une fois seuls, Élisabeth et moi trinquons à la vie. Je l'observe alors qu'elle écoute le silence de la campagne, calée dans une chaise Adirondack, les yeux fermés. Ma belle invitée se laisse dorer par ce soleil de fin d'après-midi avant que nous poursuivions notre échange. L'objectif de cette rencontre étant de mieux cerner les comportements de Judas, je suis surpris quand elle aborde à nouveau notre rupture, un sujet qui, par ailleurs, me semblait clos. Mais il faut croire qu'elle en a encore un peu sur le cœur.

— Tu ne peux pas t'imaginer comment je t'ai aimé, m'avoue-t-elle sans ouvrir les yeux.

— S'il est une chose que je me rappelle, c'est que cet amour était réciproque, Élisabeth.

— La seule différence, c'est que j'ai fini par te détester tout autant après ton départ. Le souvenir de ton arrogance ne me quittait plus. Comme si ton métier te permettait d'imposer aux autres ce qu'ils devaient penser ou faire.

Je reconnais dans les paroles d'Élisabeth des accusations semblables à celles de Fanny. Autrement dit, j'aurais été égoïste. Je ne m'attendais pas à une attaque pareille de sa part. Mais au fond, n'ai-je pas ce que je mérite ? Alors, comment répondre à cette fronde sans soulever davantage de poussière ?

— Élisabeth, insisté-je. En t'appelant, je ne voulais surtout pas rouvrir une vieille plaie.

— Sois rassuré, Hubert, cette écorchure est bien cicatrisée. Sinon, je n'aurais jamais insisté pour que nous collaborions sur cette enquête.

Cette réponse me confirme que je poursuis la trame amoureuse de mon scénario de la bonne manière. Le refus d'Élisabeth de renouer avec le trou du cul qui l'avait un jour abandonnée est sans doute la seule voie qui permette de dévoiler le flegme de son personnage. Toutefois, dans mon histoire, les mises en garde d'Élisabeth cachent des sentiments enfouis dont elle cherche à valider l'existence. Ça sera donc l'occasion de me racheter et de devenir l'homme aimant et bienveillant que je n'ai pas su être vingt ans plus tôt. C'est le privilège du scénariste. Là où on échoue dans la vie, on s'acharne toujours à réussir dans un scénario.

14

Pour la première fois depuis que je collabore à l'enquête sur Judas, on m'a invité à participer à un *débreffage* dans les bureaux de la Sûreté du Québec. Il a probablement fallu qu'Élisabeth s'impose à nouveau pour que je sois assis parmi les membres de la force d'intervention. La pomme d'Adam du lieutenant Piché semble avoir fait un mouvement de recul sous sa cravate lorsqu'il m'a aperçu dans la salle de conférence avec une carte « VISITEUR » pendue autour du cou. Il doit se demander comment on a pu me laisser entrer dans ce lieu réservé au *task force* officiel de la SQ. Je le salue avec un sourire faussement énergique, l'air content de le retrouver. Je me sens tout à coup comme Guido, merveilleusement incarné par Roberto Benigni dans *La vita è bella*. Je lui mens en faisant semblant que je suis à ma place ici et que tout va très bien, madame la marquise, alors que je sais qu'il rêve de me voir crever. Piché lève brièvement la tête en esquissant un sourire qui ressemble davantage à une grimace. Sans doute regrette-t-il déjà d'avoir laissé autant de latitude à la psychiatre. Il ignore à quel point la chimie peut opérer entre Élisabeth et moi. Le pauvre lieutenant ferait une syncope s'il apprenait que nous avons été amants dans une autre vie et qu'Élisabeth incarne ma nouvelle quête amoureuse dans mon scénario. Mais ça, même la principale intéressée ne s'en doute peut-être pas.

Une chaussure à plateforme pour femme trône au centre de la table, dans un sac en plastique numéroté comme on le fait avec toutes les pièces à conviction. C'est celle de Mégane Turmel, la quatrième victime du fou que nous recherchons. Un résident du quartier a aperçu la chose gisant en bordure d'un trottoir, sous sa voiture. On n'a relevé aucun autre ADN que ceux de la victime et de l'homme qui l'a découverte. Mais, fait intéressant, on a trouvé cette chaussure à cent mètres du lieu où le tueur a abandonné la jeune femme. Ce qui signifie qu'il aurait transporté sa victime sur toute cette distance.

— Elle a peut-être perdu sa chaussure en tentant de s'enfuir ?

— Si je peux me permettre, lieutenant Piché… Dans le rapport de la médecin légiste, il est clairement écrit que la victime est décédée la veille. Et puis, Judas n'a pas pu tuer la jeune femme à quelques pas de l'endroit où il l'a laissée puisqu'il prend le temps de marquer précisément son corps avec un crayon-feutre avant de la poignarder, pour s'assurer, du même coup, de transpercer les organes vitaux de l'enfant qu'elle porte. Cela demande un espace isolé où travailler… Cette chaussure doit donc avoir été échappée par le tueur alors qu'il transportait la victime. C'est sans équivoque.

Même dit avec politesse, le commentaire semble froisser Piché et jeter un froid dans le petit amphithéâtre. Lorsque le silence plane, c'est souvent signe qu'il y a un niais dans la pièce. Certains ont regardé le sol ou leur tablette, tandis que d'autres se sont gratté la tête en se demandant si ma précision ne serait pas une bombe à retardement. Comme si personne ne pouvait jamais répondre à ce petit commandant des toilettes. Je ne suis pas le moins du monde terrorisé par cette autorité. Ce genre de caporal-mon-cul qui n'accepte pas les différends et qui, surtout, méprise toute critique devant ses subalternes ne m'impressionne pas.

— Bon point, monsieur Quentin, finit par rétorquer la psychiatre, qui fait semblant de me considérer comme un étranger alors que, juste la veille, nous avons passé l'après-midi ensemble à ressasser nos amours mortes.

Mais comme si Élisabeth ressentait soudainement le besoin de reconnaître l'intervention de Piché pour le conforter dans son rôle, elle soulève un argument qui, je l'avoue, n'est pas dénué d'intérêt :

— Et si le lieutenant Piché n'avait pas complètement tort ? Peut-être que Judas travaille dans un atelier mobile à proximité du lieu où il enlève ses victimes ? Un petit VR ou une camionnette lui suffirait amplement pour réaliser son carnage à l'abri des regards.

— Les grands esprits se rencontrent, lâche Piché en acclamant Élisabeth, comme pour souligner l'évidence de ses propres propos.

Élisabeth apporte de l'eau au moulin. Mais dans un seul but : rassurer Piché quant à ses compétences afin d'éviter qu'il me saute à la gorge. Son idée implique toutefois de refaire les entrevues auprès des gens qui vivent à proximité des scènes de crime pour savoir s'ils auraient remarqué ce genre de véhicule.

— Excellente idée Élisabeth, reconnaît aussi Lanctôt.

Celui-ci se tourne vers Benoît pour ajouter : « Ben, je veux que tu mettes une priorité là-dessus dès la fin de la réunion. »

— Il faut quand même que ce type soit en forme pour transporter plus de cinquante kilos sur une distance pareille, lancé-je pour ramener la discussion à ce qui nous préoccupe. Cent mètres, ce n'est pas rien !

— Un homme dans la mi-trentaine ne peut se vanter d'un tel exploit que s'il s'entraîne. Je serais donc porté à étendre les investigations dans les gyms des environs, se permet d'ajouter Judith.

Lanctôt approuve la proposition de la jeune femme en levant le pouce en l'air. L'analyste en renseignements est assise aux côtés de son confrère Benoît Rondeau. Leurs familiarités sont palpables. Un peu plus tôt, j'ai entrevu Judith en train de goûter le latté glacé de Ben à même la paille sans qu'il s'en offusque. Il n'y a que les couples ou ceux qui baisent ensemble qui se comportent de la sorte. Et puis, bosser intensément en équipe, parfois sept jours par semaine, ne peut que rapprocher des collègues. Voilà peut-être pourquoi Élisabeth a jugé bon de me mettre en garde.

La psychiatre qui dirige la réunion est assise devant moi. Personne ici n'est au courant qu'elle a déjà été ma maîtresse. Pour éviter toute méprise, j'ai dû demander à McGuiness de ne pas en parler à Patrick Lanctôt. Je ne veux pas qu'il croie que cette relation passée avec Élisabeth a une quelconque incidence sur son commandement. Même la principale intéressée ne sait pas encore qu'elle est devenue depuis peu un personnage de premier plan dans mon scénario. Il va de soi que sa nomination à la tête de la force d'intervention est un pivot dans mon histoire. Je me suis senti autorisé à m'en servir puisque ce rôle ne peut que la mettre en valeur. Et puis, je suis certain que ça l'amuserait de choisir celle qui l'incarnerait éventuellement à l'écran. Dans le cas d'un film européen, j'aurais un penchant pour Kristin Scott Thomas, qui lui ressemble sur plusieurs plans.

Si, jusque-là, Judith était la seule femme du groupe pour réfléchir au profil du tueur, le statut d'Élisabeth nous force maintenant à considérer les choses sous une perspective féminine.

— Vous êtes-vous questionnés sur la façon dont le tueur abordait ses victimes ? demande Élisabeth à la huitaine de personnes réunies dans la salle.

Aucun d'eux ne répond. J'ai ma petite idée, mais je ne veux pas à nouveau imposer ma propre intuition. J'ai déjà presque ridiculisé Piché dès sa première intervention. Je résiste donc à l'envie de le contrarier par mon sens inné de faire chier les autres. Élisabeth se lève et va au tableau pour écrire en lettres majuscules : FŒTUS.

— Pensez-vous vraiment le tueur capable de draguer une femme enceinte de six mois ? La seule chose qui l'intéresse, c'est l'enfant qu'elle porte, affirme-t-elle en pointant le tableau avec sa craie.

Étalant sans prétention son intelligence, elle nous amène à réfléchir à la psychologie de l'assassin, un psychopathe d'environ trente-cinq ans dont le déséquilibre mental n'est pas apparent, en tout cas à première vue.

— Alors, selon vous, comment cet homme peut-il savoir avec précision qu'une femme en est à son sixième mois de grossesse et non au cinquième ou au septième mois, ajoute-t-elle ?

— Même Laurent Dumont, ce réputé obstétricien-gynécologue en résidence au CHUM, ajouté-je sur un ton facétieux, m'a confirmé qu'il ne pourrait arriver à évaluer, sans un examen médical approprié, l'étape précise de la grossesse d'une femme.

— Comment, alors que même un médecin spécialiste ne réussit pas à le faire, le tueur peut-il arriver, lui, à le déterminer exactement ? demande à nouveau Élisabeth.

— Il a accès aux dossiers de ces femmes ! répond Lanctôt sans hésiter.

— Nous revenons alors au fait que le suspect pourrait être un obstétricien-gynécologue, affirme Élisabeth.

— Je ne crois pas qu'il faille se cantonner à cette profession. Il se pourrait, par exemple, que Judas ait étudié l'obstétrique, mais ait changé de vocation en cours de route... Ou encore, qu'il soit un technicien ou un infirmier, hasardé-je en attendant l'opinion de mes collègues.

— Vous avez beaucoup d'imagination, monsieur Quentin. Mais nous avons déjà enquêté sur tous les employés de cet hôpital et nous n'avons trouvé aucun suspect, précise Piché sur un ton railleur.

— Alors si ce n'est pas un employé, de quelle façon l'assassin aborde-t-il ses victimes ? demande à nouveau Élisabeth, cherchant à tempérer l'ambiance.

— Il les connaît ! lance aussitôt Ben, comme s'il avait eu une épiphanie.

— Et si c'était un bénévole ? suggéré-je en réfléchissant tout haut.

— Voilà ce que je voulais entendre, précise Élisabeth, ajoutant que le tueur est connu des femmes qu'il assassine parce qu'il les côtoie à l'hôpital du Suroît de Valleyfield, où toutes les victimes ont été suivies pour leur grossesse.

Piché bondit de sa chaise en pointant Élisabeth comme si elle venait de mettre le doigt sur l'information capitale qui leur manquait.

— Merde ! Ce fumier n'est pas sur la liste des employés...

J'ai aussi l'impression que, sans le cerner, nous nous sommes rapprochés de Judas. À son tour, Lanctôt se lève et demande aux membres de son équipe d'éplucher dès maintenant les *curriculum vitæ* de tous les bénévoles qui travaillent dans cet hôpital.

La réunion terminée, le jeune enquêteur donne ses directives tandis que Piché me fait discrètement signe de le suivre dans le couloir qui mène à son bureau.

— Essayez seulement une autre fois de me discréditer auprès de mon personnel et vous verrez votre nom rayé de la liste des invités dans cette salle. Et je veillerai à ce que vous ne puissiez plus jamais approcher un membre de l'équipe d'intervention. Est-ce que je me fais bien comprendre, Quentin ? insiste Piché, la tête inclinée en s'assurant que personne ne le regarde.

— Votre antipathie est un cadeau de la vie, lieutenant Piché, lui dis-je, pas le moins du monde offusqué par sa mise en garde, ajoutant que ses bourdes alimentent petit à petit mon nouveau scénario.

— Je me moque de votre verve et de vos histoires, Quentin. Un jour, sans que vous vous y attendiez, je vais trouver des éléments qui finiront par vous incriminer pour la disparition non résolue de votre courtier. Je vous promets que cette affaire n'en restera pas là. S'il faut que je fabrique ces preuves, je le ferai. Ce ne sera pas la première fois. Il m'arrive de prendre des raccourcis pour arrêter ceux qui me glissent des mains. Je savoure déjà le moment où je vous enverrai au fond du trou !

C'est incroyable combien cet homme peut s'avérer paranoïaque pour la seule raison que ses subalternes me démontrent un peu de considération. Moi qui déteste les titres de civilité, j'appuie exagérément sur le grade de Piché pour m'en moquer :

— Écoutez-moi bien, lieu-te-nant… Occupez-vous de gérer les bécosses et laissez-moi faire mon travail. Et, aussi bien vous le dire, puisque ça finira tôt ou tard par se savoir : Élisabeth Pelletier, qui vous a été imposée par le ministre comme consultante séniore parce qu'il vous sait d'une incompétence crasse, est une connaissance personnelle à moi depuis plus de vingt ans. Elle ne soutiendra donc jamais vos méthodes toxiques. Si vous voulez un bon conseil… méfiez-vous, on vous observe, murmuré-je.

Je viens de frapper le Pic. Je ne sais pas si c'est sous le menton ou entre les deux jambes, mais il ferme les yeux pour mieux canaliser sa douleur et se dirige vers son bureau sans rien ajouter. Il arrive parfois que la haine donne une supériorité à certains hommes. Piché est de ceux-là. Il me déteste non seulement pour ce que je suis, un homme capable de raisonner, mais surtout pour ce qu'il ne parvient pas à faire : me coincer une fois pour toutes et prouver hors de tout doute que j'ai commis le crime dont il m'accuse.

15

CALQUÉE EN PARTIE sur la réalité, mon histoire continue à prendre forme. L'arrivée d'Élisabeth, nommée par Piché à la tête du groupe d'intervention, sera une scène charnière dans ce scénario. Sans compter que sa présence rallume une flamme entre elle et le scénariste. Mais je ne crois pas que le fait d'écrire cette trame amoureuse puisse rendre les choses possibles entre nous deux dans la vie. Si, dans un scénario, on a toute la latitude pour faire aboutir les choses comme on l'entend, il en est autrement dans la réalité. Voilà pourquoi je dois constamment faire la distinction entre ce que j'écris et ce que je vis. Mais il reste que, malgré les réticences d'Élisabeth, ces retrouvailles, dans mon scénario, revêtent quelque chose d'immensément beau. En y réfléchissant, des images défilent dans ma tête sur la musique d'*Un homme et une femme* de Francis Lai. Sur ces « chabadas » qui bercent mes souvenirs, je pense aussi au génie de Claude Lelouch, qui, des générations plus tard, avait décidé de ramener ensemble Anouk Aimée et Jean-Louis Trintignant dans *Les plus belles années d'une vie*. Une question me vient alors à l'esprit : l'amour peut-il, ne serait-ce que dans un récit, renaître après autant d'années entre Élisabeth et le scénariste ? Et si cet amour ne s'était jamais éteint ?

La sonnerie du téléphone me sort d'un sommeil profond que l'alcool m'avait aidé à trouver après de longues heures d'écriture. Étrange, personne n'appelle jamais aussi tôt le matin, sinon ma fille quand elle a mal évalué le décalage horaire avec la France. Curieusement, c'est Renaud Labrie qui m'engueule au bout du fil :

— Tu m'avais promis l'exclusivité, et là j'apprends que la police effectue présentement une perquisition à l'hôpital du Suroît et que le lieutenant Piché dirige l'opération sur les lieux devant une meute de journalistes !

— Cela devait pourtant se faire en toute discrétion, lui dis-je, offusqué, en tentant de me réveiller davantage.

Aussitôt le téléphone raccroché, Lanctôt m'appelle pour me dire que ce n'est pas sa décision, mais celle de Piché, qui aurait voulu par ce geste rassurer la population sur le fait que la police met tout en œuvre pour en finir avec la tuerie.

— Mon cul, « rassurer la population » ! C'est une décision de Piché pour redorer son image auprès du ministre de la Sécurité publique, qui a dû lui mettre de la pression. Il ne comprend rien à rien, ce con !

J'ai beau décrier la situation, il reste que ce type de rebondissement ne peut que profiter à mon récit. Alors qu'on croit se diriger tranquillement vers le dénouement de l'histoire, une bourde ou un événement inattendu fout tout en l'air. Dans la fiction comme dans la réalité, ce genre de déconvenue découle la plupart du temps de l'initiative ou de l'ambition d'un personnage orgueilleux. Dans *Titanic*, ce qui avait ultimement causé le naufrage est la cupidité du propriétaire du paquebot, qui avait ordonné à son capitaine d'aller plus vite dans le but d'établir un record. Mais si un tel incident peut alimenter mon scénario, cette bévue de Piché risque d'alerter pour la première fois le tueur, qui pourrait nous compliquer davantage la tâche en restant sur ses gardes.

— Pour le moment, rien ne ressort de cette investigation surprise, précise Lanctôt. Il nous faut analyser les dossiers personnels d'une vingtaine de bénévoles. L'équipe est là-dessus. Je vous reviens dès que j'ai quelque chose.

J'ai donné rendez-vous à Élisabeth en fin d'après-midi après le travail. En l'attendant, je me confie à Renaud Labrie, toujours ancré à cette heure au comptoir de notre lieu de rencontre avec un verre de J&B.

— Piché a du sang sur les mains et il ne le sait pas encore. Je crains le pire, Renaud.

— Pourquoi ?

— S'il fallait que Judas décide de contre-attaquer parce qu'il réalise que nous sommes sur sa piste, je ne réponds pas de ce qui pourrait survenir.

— C'est le scénariste qui parle ou le profileur criminel ?

— Mes tripes. Ça vaut ce que ça vaut, ajouté-je en vidant cul sec le fond de mon verre.

Sur ces entrefaites, Élisabeth entre dans la place. J'abandonne Labrie pour la rejoindre. Elle voit bien que je suis encore dans tous mes états :

— Il faut continuer à explorer cette voie. La solution se trouve quelque part dans cet hôpital, affirme-t-elle.

— Félicitations à Piché pour sa discrétion, lui lancé-je.

— Je lui ai parlé. Il a jugé bon de privilégier la provocation, précise-t-elle.

— Tu en penses quoi ?

— Personne, Hubert, ne remporte une partie d'échecs en jouant uniquement en mode défensif. L'intimidation peut aussi avoir ses effets positifs.

Rien n'est jamais tout noir ou tout blanc pour Élisabeth. Alors que je m'emporte rapidement devant la bêtise humaine, son jugement éclairé l'amène souvent à peser le pour et le contre avant de donner son verdict. Elle aurait tout aussi bien pu embrasser une carrière dans la magistrature. Labrie, qui croit reconnaître la célèbre psychiatre avec qui je partage ma table, ne peut s'empêcher de venir en notre direction. Mon nouvel ami est toujours à l'affût de ce qui pourrait faire la nouvelle. Si sa prose m'est agréable à lire, ses propos parfois « salés » confirment toutefois qu'il travaille pour un tabloïd et non pour un journal d'opinion. Mais au cinéma, ce genre de journaliste est souvent aussi adulé qu'un héros de la police. Les arcanes complexes et inextricables ne sont jamais des défis insurmontables pour eux. J'avais adoré l'équipe de journalistes d'investigation dans *Spotlight*, qui avait mis au jour un scandale de prêtres pédophiles couverts par l'Église catholique. J'aimerais bien que Labrie soit aussi dans mon scénario une figure héroïque qui m'aiderait à faire coffrer notre forcené. S'il aime bien émailler ses pages policières d'exclusivités à sensation — lectorat oblige —, il demeure quand même un journaliste de contenu.

— Je songeais justement à aborder Judas sous un angle différent. Vous pourriez sûrement m'aider à dresser un portrait-robot psychologique du tueur, ajoute Labrie en fixant Élisabeth.

— Est-ce qu'on ne l'aurait pas suffisamment bravé comme ça ? m'interposé-je par prudence.

— J'ai développé une bonne relation avec tous les fous furieux que j'ai fait enfermer, m'assure Élisabeth, comme s'il n'y avait rien à craindre. Je trouve que l'article de Renaud est une excellente idée. Si on veut pousser Judas à commettre des erreurs, il faut l'asticoter au point qu'il finisse par se révéler.

C'est ainsi qu'elle ouvre son jeu à Labrie. Elle lui raconte le fruit de ses réflexions, qui l'ont amenée à conclure que le psychopathe a eu une blessure durant son enfance et que ce traumatisme est intimement lié au fait qu'il ressent le besoin de tuer le fœtus que sa propre mère portait. En fait, elle est convaincue que ce maniaque rêve de tuer sa mère chaque fois qu'il assassine une femme enceinte. L'idée de ce matricide à répétition captive Labrie.

— Et pourquoi le faire à ce moment-ci ? demande-t-il à Élisabeth.

— Il m'arrive de penser que cette colère a été réprimée jusqu'à tout récemment et que le besoin de l'évacuer se traduit par ces assassinats, auxquels notre détraqué semble de toute évidence prendre goût.

La stratégie de confrontation d'Élisabeth et de Labrie est-elle la bonne chose pour faire réagir le tueur ? Se faire traiter de « détraqué » dans un journal lu par un million de lecteurs ne doit pas laisser indifférent. Mais quelle sera la réaction de Judas ?

16

DEHORS, LES RAINETTES célèbrent en chœur une autre soirée caniculaire. Leur chant se mêle à la pétarade d'un Grand Pic qui joue du télégraphe sur un vieux peuplier en fin de vie que je n'ai pas encore osé abattre parce que ses feuilles résistent, comme s'il demandait un sursis jusqu'à l'hiver. Cette nouvelle nuit de langueur m'inspire une scène torride dans laquelle je décris, ainsi que je l'avais imaginé, mes retrouvailles avec Élisabeth. Je finis presque par y croire tellement tout semble vraisemblable. Quand un couple se redécouvre après vingt ans, l'amour et la tendresse s'entremêlent à leurs souvenirs et prennent souvent le dessus sur la fougue qui caractérise ce genre de scène. On dirait que me remémorer Élisabeth permet de me réapproprier tout ce qui m'a manqué d'elle : le parfum de sa peau, le galbe de ses seins, l'odeur de ses cheveux humides et ses cris étouffés par l'euphorie. Mais pour ce type de scène, je ne donne jamais trop de détails dans la didascalie, seulement l'intensité et l'état d'esprit des deux amants. Je laisse au réalisateur le soin d'indiquer aux acteurs ce qui doit ressortir de la séquence.

Alors que je suis encore absorbé par mon travail et, aussi, par le souvenir du sourire d'Élisabeth, qui ne m'a pas quitté depuis cette nuit embrasée dont je viens d'écrire la scène, elle m'appelle en matinée. Mais son ton grave n'est pas celui d'une amoureuse transie. Élisabeth m'annonce une nouvelle qui augure bien mal :

— Amélie, la femme de Patrick Lanctôt, n'est pas rentrée à la maison, hier soir. Et elle ne répond pas à son téléphone non plus, me chuchote-t-elle comme si le jeune enquêteur était dans les parages.

Est-ce que la saisie surprise à l'hôpital aurait incité Judas à commettre à nouveau le pire ? L'article qui traite du portrait-robot psychologique du tueur aurait-il encouragé ce salaud à poursuivre sa quête barbare ? Ou encore, la femme de Lanctôt a-t-elle toujours figuré sur la liste des futures victimes ? Il y a tant d'hypothèses possibles. Comment ne pas se perdre en conjectures ? Quelques heures plus tard, un coup de fil de Ben me confirme ce que nous redoutions. Amélie a été retrouvée assassinée, au bout de son sang, le ventre transpercé, elle aussi.

Lanctôt, le premier, savait le genre de risque que courait Amélie. C'était sa principale inquiétude en acceptant de diriger cette enquête. Il craignait des représailles personnelles. Avec raison. Une fois arrivé sur les lieux du crime, je remarque le jeune inspecteur vissé à la banquette arrière d'une voiture de patrouille, la tête entre ses mains, vidé de ses larmes. On serait foudroyé pour moins. Deux policiers l'ont à l'œil. Piché a insisté pour qu'on lui interdise la scène de crime. Avec raison. Ce n'est pas de cette façon qu'on veut voir sa femme pour la dernière fois. Surtout si elle est couverte de sang.

Ce matin, on dirait que nos habits lunaires s'harmonisent au décor désertique de cette carrière inanimée au milieu de laquelle pose la jeune femme devant un photographe de la SQ, déposée comme les autres victimes sur le sol avec un sac opaque qui lui couvre la tête et des traces de sang qui abondent sur ses vêtements. Ben et moi faisons le tour des lieux à la recherche d'indices, tandis qu'une demi-douzaine de policiers explore différentes zones. Les mêmes traces d'espadrilles ont été remarquées autour de la victime qui, cette fois, avait une carte pendue au cou.

— Qu'est-ce que c'est que cette carte ? demandé-je à Josiane, qui manipule le corps avec respect.

— Amélie était bénévole pour un organisme qui venait en aide aux familles démunies de ce quartier, répond la légiste en retenant un sanglot.

— Je me rappelle maintenant que Patrick m'en avait glissé un mot. Pourtant, elle n'était pas du coin, ajouté-je.

— Elle y était née. Ses parents y vivent encore, m'assure Ben.

Je ne crois pas aux coïncidences. Un psychopathe choisit généralement ses victimes. Mais cette fois, le tueur a sélectionné précisément la femme du policier chargé de l'enquête. Pourquoi ?

— Je lui avais pourtant fortement conseillé de mettre sa femme à l'abri, dis-je.

— C'était bien mal connaître Amélie, répond Josiane, qui nous rejoint un instant. D'après Patrick, le groupe de bénévolat qu'elle côtoyait était tout ce qui lui restait depuis qu'elle avait dû prendre un congé préventif.

À son tour, Élisabeth arrive sur les lieux. Vu la gravité de la situation, nos regards stupéfiés se croisent sans insister. Elle monte presque aussitôt dans la voiture de patrouille aux côtés de Lanctôt, toujours accablé par la mort de sa femme. J'imagine Élisabeth choisir les bons mots pour lui exprimer sa compassion et le rassurer quant à la suite des choses. S'il en est une qui connaît le sens du mot « résilience », c'est bien elle.

Je n'avais pas besoin de ce nouveau meurtre pour nourrir mon scénario. J'avais déjà imaginé cette scène bien avant qu'elle ne se joue. Mais jamais je n'aurais cru qu'elle se déroulerait dans la réalité. Et ce n'est pas une prémonition. J'ai la vague impression que ce meurtre n'a rien à voir avec les autres. Ce n'était pas dans l'ordre des choses que ce drame survienne. Judas n'avait aucun intérêt à tuer la femme de l'enquêteur à ses trousses.

Il va de soi que Lanctôt doit dorénavant être retiré de l'enquête. Piché en personne prend sa relève sur les lieux du crime en se disant sûrement qu'il n'aurait jamais dû confier cette affaire au jeune sergent. Je n'ose pas lui dire combien je l'ai trouvé gauche lorsqu'il a annoncé avec tambours et trompettes la dernière opération de la SQ, qui n'a finalement donné aucun résultat. Mais ce n'est pas le moment d'envenimer la situation. Vaut mieux garder mes remontrances pour une autre fois. Je finirai bien un jour par régler mes comptes avec lui. Sans compter qu'avec Lanctôt en moins, il faut garder la tête froide et démontrer de l'optimisme, sinon ce serait déclarer la défaite. Le lieutenant m'entraîne en retrait. Il aura fallu que les choses se corsent pour qu'il me témoigne autre chose que de l'antipathie.

— Il m'est défendu de faire des sentiments, mais je suis tout aussi dévasté que vous par ce qu'il arrive à Patrick. Quand un membre de l'équipe est touché par un drame pareil, c'est nous tous qui en sommes affectés, dit-il en lorgnant Judith, en larmes dans les bras de Benoît.

— Je reste convaincu que nous allons coincer ce trou du cul. Plus il fait de victimes, plus il laisse de traces et plus il commet de fautes.

— Des fautes ?

— Vous avez déjà joué au jeu des sept erreurs dans le journal du matin, lieutenant ?

— Quel est le rapport ? s'inquiète-t-il, comme s'il craignait à nouveau que je le prenne en défaut.

— En apparence, tous les meurtres sont identiques. Pourtant, à chaque fois, il y a une petite différence. Et chacune de ses infimes particularités nous apporte une information qui s'ajoute aux autres.

— Et cette fois, qu'avez-vous remarqué ? se demande-t-il, curieux.

— Ce que tout le monde a vu, mais que personne n'a encore souligné.

— Vous m'intriguez, Quentin, me dit-il en regardant autour pour voir si quelqu'un nous observe, question d'éviter de passer à nouveau pour un novice.

— Amélie n'a pas été tuée comme les autres victimes. Il semble que l'entaille à l'abdomen ait été faite plus haut, plus près du cœur et, surtout, plus violemment.

— Comment pouvez-vous en être certain avant même l'autopsie ?

— Ses vêtements sont plus souillés que ceux des autres. Je mettrais ma main au feu que sa mort est un accident de parcours.

— Comment ça, un accident ?

— C'est peut-être juste une intuition, mais je crois que le tueur n'a pas pris le temps de l'endormir avant de l'assassiner. Pour la tuer, le coup a dû être plus violent et plus direct… En plein cœur !

— Et si cette mort était simplement un signe qu'il a cherché à s'en prendre à l'enquêteur qui est à sa poursuite ? propose Piché comme s'il tentait de démolir ma théorie.

— Mais pourquoi Judas aurait-il fait ça ? Patrick Lanctôt ne faisait que son travail.

— Ni vous ni moi ne sommes dans la tête de ce psychopathe, Quentin.

— L'autopsie nous révélera sans doute la bonne réponse, ajouté-je en jetant un coup d'œil sur Élisabeth, qui arrive dans notre direction.

— Il ne m'a pas dit un seul mot. Je connais ce type de réaction, lieutenant. Patrick est une bombe à retardement. Je crains qu'il explose à un moment ou à un autre. Assurez-vous qu'il sera vu par le psychothérapeute de la maison, affirme Élisabeth en observant le jeune sergent du coin de l'œil, au loin.

Renaud Labrie m'attend, appuyé sur mon pick-up, en grillant une cigarette.

— Une cinquième victime, je suppose?

— J'ai oublié mes cigarillos. Un peu de tabac de Virginie fera l'affaire pour l'instant, lui dis-je en lorgnant sa cigarette.

Je reprends mes esprits et m'allume une Craven A avant de lui répondre. Je ne sais pas comment l'expliquer, mais j'ai le pressentiment que le tueur n'est pas loin. Quelques badauds guettent la scène à distance. J'essaie de le reconnaître parmi eux. Mais à quoi ressemble-t-il? On ne connaît que son âge approximatif et la pointure de ses chaussures. Peut-être est-il déjà chez lui en train de boire paisiblement son café après une nuit mouvementée au cours de laquelle il a à nouveau détruit des vies: celle d'une femme, de son enfant, et de son mari.

— Cette fois, le psychopathe a pris pour cible l'épouse du sergent Lanctôt.

— *Fuck!* Comment y prend ça? s'inquiète Labrie en s'étirant le cou pour tenter d'apercevoir le jeune enquêteur.

— D'après toi?

J'essaie de ne pas paraître tourmenté, mais comment ne pas l'être après ce nouveau malheur? Même comme auteur, je ne sais pas si je pourrai reprendre le fil de mon scénario. J'ai soudainement l'impression que toute cette cruauté est en train de faire éclater ma vie. Je réfléchis au fait que si j'étais resté paisiblement chez moi à écouter le chant des grives et que j'avais ignoré la requête de Lanctôt, rien de tout cela ne me heurterait aujourd'hui et que même Fanny serait peut-être encore à mes côtés. Mais le destin n'est pas quelque chose qu'on invente et sur lequel on a une quelconque autorité. Je ne me défilerai pas. J'irai jusqu'au bout de cette enquête.

17

IL ARRIVE PARFOIS qu'un scénario soit comme un château de cartes : en retirer un seul élément risque de tout faire s'écrouler. J'ai l'impression aujourd'hui de me retrouver devant cette éventualité. Par considération pour Lanctôt, qui m'avait inspiré le personnage de Langdeau, je décide qu'il n'est plus possible d'en faire le protagoniste de mon scénario. Ce qui revient à dire que mon histoire ne tient plus la route. Même la nuit, qui porte soi-disant conseil, m'embrouille davantage. Il faut dire que j'ai joué à un jeu dangereux en pensant que l'histoire qui se vivait sous mes yeux allait gracieusement alimenter mon récit.

L'appel d'Alban, qui voulait simplement prendre de mes nouvelles depuis les derniers événements, se transforme peu à peu en consultation de *script doctor*. Si mon producteur a souvent su trouver les solutions aux failles de mes scénarios, cette fois le défi est de taille puisque mon héros n'est plus dans le coup. Et puis, le raisonnement d'Alban, habituellement à toute épreuve, a ses limites. Les complications qu'il m'est arrivé de rencontrer par le passé n'ont jamais été aussi déconcertantes. Je fais maintenant face à un mur. Et pourtant, je l'entends rire à l'autre bout du fil. Se moque-t-il de moi comme il l'a fait tant de fois quand je me retrouvais coincé dans une impasse ?

— Contrairement à ce que tu prétends, Hubert, Langdeau n'est pas aussi important dans ton histoire.

— Mon héros disparaît de la carte et tu juges la situation frivole ? lui répété-je avec un ton d'impatience.

— Tu n'as pas encore réalisé que le héros de cette histoire, ce n'est pas ton jeune enquêteur, c'est toi ! précise-t-il. Le sergent n'est qu'un faire-valoir. C'est toi, le mentor. C'est toi qui tires les ficelles depuis le début. C'est toi qu'on consulte. C'est toi qui définis le tueur en compagnie d'Élisabeth. À propos, j'ai lu les dernières scènes que tu m'avais envoyées. As-tu vraiment le béguin pour ton ancienne flamme ?

— Seulement dans mon scénario.

— Sage décision, se permet-il de préciser, ajoutant que ma vie est suffisamment compliquée comme ça par les temps qui courent.

Alban connaît tout de moi et ne se prive pas de me sermonner quand il le juge nécessaire. Il a toujours su pour Élisabeth. C'est lui qui consolait Florence durant ma liaison.

— Tu crois vraiment que je peux être le héros ? lui demandé-je pour le ramener au sujet qui me préoccupe.

— C'est toi qu'on suit, dans ce récit. C'est toi qui devras maîtriser le tueur à la fin de cette histoire.

Alban serait-il à nouveau dans le vrai ? Il m'étonne parfois au point où je me demande pourquoi il n'a jamais écrit un seul scénario de sa vie. Je suis toutefois incapable de lui avouer comment il m'arrive de le trouver malin. Je me sens vexé de ne pas avoir saisi par moi-même l'évidence même de ce qu'il avance. Mais je peux à tout le moins faire semblant de le remercier.

— T'es une vieille pédale géniale, lui dis-je pour bénir son aide inestimable.

— Je prends ton compliment comme un arc-en-ciel de félicitations, Hubert.

Quoi qu'en dise Alban, devenir le héros d'une histoire après avoir cru en être un personnage de soutien nécessite quand même quelques ajustements. Mais en définitive, j'aurai eu plus de peur que de mal puisque son argumentation semble avoir du sens. Pourrai-je toutefois retrouver mon élan de scénariste ? Que le récit que je suis en train de développer ne soit pas aussi altéré que je l'aurais imaginé est une bonne chose, certes, mais au fond n'est-ce pas futile de se replonger dans l'histoire qu'on imagine quand un tueur sévit autour de nous ? Pour l'instant, il m'importe de mettre mes énergies à faire progresser l'enquête sur Judas plutôt qu'à créer une fiction visant à divertir un public assoiffé d'intrigues.

Ce matin, McGuiness propose de m'accompagner à l'enterrement de la femme de Lanctôt, pour lequel il a toujours eu de la considération. Je ne comptais pas y aller. Depuis la mort de Florence, je maudis les cimetières et les funérailles auxquelles je suis convié. Sans compter que cette nouvelle nuit blanche passée à rectifier mon histoire en vidant une bouteille de brandy m'a aspiré tout ce qu'il me restait d'énergie.

C'est fou comme une douche fraîche et deux cafés noirs peuvent vous remettre sur pied en moins de trente minutes. Il faut dire que mon ami McGuiness a joué de persuasion en insistant sur le fait que les grandes douleurs ont toujours besoin de solidarité.

Comme ses collègues, Patrick Lanctôt a revêtu l'uniforme vert olive de la Sûreté du Québec, ce qui donne aux funérailles des airs presque officiels. Après une telle tragédie, n'importe quel homme normal éprouve un mélange concentré de haine, de peine, de fatigue et de désespoir pouvant lui faire douter de lui-même. Lanctôt doit être sous l'influence des médicaments que lui a prescrits son médecin. Sinon, comment ferait-il pour se tenir debout après ce choc encore tout récent ?

Alors que, sous des rumeurs de prières, le cercueil de la jeune femme s'affale tranquillement dans la sépulture devant son mari entouré de parents et amis, je remarque au loin un curieux dissimulé derrière un des nombreux arbres du cimetière. McGuiness le repère au même moment et quitte discrètement l'assemblée, me laissant seul aux côtés d'Élisabeth. J'entends celle-ci marmonner « Que l'âme des fidèles défunts repose en paix », des paroles qui ont perdu tout leur sens pour moi puisque je ne crois plus en dieu depuis que la vie m'a arraché Florence. Je suis toujours McGuiness des yeux. Il accélère le pas en direction de l'individu, qui s'enfuit dans une camionnette blanche au moment où il se sent repéré par l'inspecteur retraité. J'abandonne un instant tout ce qui se passe autour de moi pour réfléchir au fait que Judas a peut-être assisté aux funérailles d'Amélie. D'ailleurs, qui sait si le cérémonial qui entoure la défunte ne serait pas un dénouement indispensable à son plaisir ?

Mais lorsque j'aperçois l'ancien inspecteur revenant bredouille et un peu essoufflé, je comprends que le fuyard a eu le temps de disparaître dans une allée du cimetière et que nous avons bien peu de chances de le retrouver. Cependant, après la cérémonie, quand tout le monde a quitté les lieux, McGuiness et moi nous arrêtons à la guérite du cimetière pour demander au gardien s'il n'y aurait pas une caméra de sécurité qui filme les allées et venues des visiteurs. Mon voisin n'a pas perdu l'étincelle. Il présente rapidement sa carte de la Sûreté du Québec en cachant la date d'émission. Nous visionnons aussitôt en mode accéléré la vidéo où défilent tous les véhicules, les corbillards et les landaus de fleurs qui ont franchi l'entrée depuis l'ouverture, à la première heure ce matin. Nous découvrons finalement la camionnette blanche de l'individu que nous recherchons. Malheureusement, la plaque d'immatriculation est trop embrouillée pour que nous puissions y décoder quoi que ce soit. En revanche, nous avons le modèle, l'année de fabrication du véhicule et, plus précieux encore, le nom d'une entreprise imprimée sur une de ses portières : L'Entraide du lac.

Un autre obstacle ralentit notre course contre la montre. Habituellement, Lanctôt pouvait aider McGuiness en effectuant en catimini une recherche à la SQ, mais là, vu son repos forcé, nous devons nous organiser seuls. Et puis, trop de ratés du service jusqu'ici nous forcent à tenter une touche de notre côté, voire une enquête parallèle. Mais cette investigation doit demeurer confidentielle. Je n'en parle même pas à Élisabeth pour éviter d'en faire notre complice si les choses devaient mal tourner. Et encore moins à Lanctôt, suffisamment affecté comme ça. S'il fallait qu'il sache que nous tenons peut-être un suspect, il serait capable du pire pour venger la mort de sa femme. Je ferais de même.

Quelques heures plus tard, je reçois un appel de McGuiness qui vient de retrouver le véhicule. Il croit avoir frappé dans le mille. Son propriétaire, un certain Francis Larochelle, est dans la mi-trentaine et dirige un organisme à but non lucratif baptisé L'Entraide du lac, qui embauche des bénévoles dans la région du lac Saint-Louis, là où ont été découvertes les victimes. Et si toutes les pièces du casse-tête étaient en train de se mettre en place ?

— Je crois que nous sommes sur une piste, me dit-il, la respiration haletante comme si sa trouvaille le rendait fébrile.

— Je t'attends. Retrouve-moi à la maison.

Je réfléchis un moment à la manière dont je m'y prendrais dans un scénario pour faire avouer ses crimes à ce type. Mon imagination n'a pas perdu sa fougue. Les pires scènes de torture au cinéma me reviennent aussi en tête. Celle du dentiste dans *Marathon Man* était particulièrement efficace. Comment ne pas détourner la tête quand la fraise de l'ancien nazi s'approche de la bouche de Dustin Hoffman ? Comment pourrais-je oublier également la scène d'anthologie de *Casino Royale* dans laquelle James Bond se fait flageller les couilles par Le Chiffre ? Personnellement, si j'avais à faire parler un tueur en série, je me servirais de ce que j'ai sous la main. Par exemple, mon bon vieux tracteur John Deere, dont je n'ai toujours pas fait réparer le carburateur ni le tuyau d'échappement. Il laisse filer du monoxyde de carbone qui pourrait forcer n'importe quel homme à s'ouvrir pour éviter de mourir asphyxié comme un cochon gazé. Il me reste aussi quelques litres d'acide chlorhydrique dont je m'étais servi pour purger le béton de mon garage, malencontreusement souillé lors du dernier changement d'huile de ma vieille Mercedes SE 280, que je ne sors que l'été. Je n'ose même pas imaginer la peau de celui qui se tremperait les orteils dans cette solution. Une idée encore plus simple serait de lui foutre le canon fraîchement bleui de ma Winchester en pleine gueule. Mais l'usage du couteau demeure sans doute le moyen de dissuasion le plus approprié. J'ai un Cold Steel de chasse que même les soldats utilisent en temps de guerre. Ça n'a pas la délicatesse d'un scalpel de résection, mais j'ai déjà éviscéré un orignal avec ce petit bijou. Alors, imaginez un peu comment je pourrais découper un fou à lier. Rien ne résiste à la lame en acier japonais de cet outil aussi pratique que compact. D'ailleurs, après mûre réflexion, confronter le tueur en série avec un couteau, et ce, même s'il n'a pas la finesse de son scalpel, est un juste retour des choses. Il a vécu par l'épée, il périra par l'épée.

McGuiness arrive chez moi en début de soirée. Pas question que je lui raconte les scènes que je viens d'imaginer. Il me prendrait pour un taré. Et ce n'est pas de ma santé mentale dont nous nous préoccupons pour l'instant. Je dépose un *six pack* de bière sur la table de cuisine. Il l'a bien mérité.

— Devrions-nous utiliser la force ? demandé-je à l'inspecteur retraité tandis qu'il s'ouvre une première canette de Heineken.

Au regard que McGuiness me lance, je comprends bien que la torture ne fait pas partie de son plan d'attaque.

— J'ai été policier durant trente-cinq ans, Hubert, et je n'ai jamais interrogé personne sous la menace.

— Je me trompe ou on est dans *Bon cop, bad cop*?

— On va l'attendre paisiblement devant sa résidence et on va lui proposer d'aller prendre un café ensemble chez McDonald's.

— Au moins, on ne défoncera pas notre budget pour cet enfoiré…

— Il y a des caméras de sécurité qui filment tout dans cette chaîne. S'il cherche à filer en douce, il nous restera des images.

— Pas très cinématographique… mais astucieux!

— Pas d'intimidation ni de chantage. Ça sera civilisé.

— Est-ce dû à la retraite ou bien tu ramollis, McGuiness?

McGuiness connaît mes humeurs et sait qu'il peut m'arriver de perdre les pédales quand je me retrouve face à certaines formes d'adversité. Il ressent le besoin de souligner qu'il s'est déjà compromis pour moi dans le passé et dit souhaiter que les choses se déroulent cette fois en bonne et due forme et, surtout, en toute légalité.

— Sauf ton respect, Hubert, je te rappelle que je ne serai pas toujours là pour te sortir de la marde, ajoute-t-il.

— Autre chose?

— Faut le mettre en confiance. Si c'est Judas, on va le voir tout de suite.

Le moment fatidique arrive le lendemain après-midi en fin de journée. Je me sens bien loin de la scène que j'ai tenté de scénariser. Mais s'il y a un type en qui j'ai pleinement confiance, c'est bien McGuiness. Larochelle se gare chez lui à la même heure que l'avait noté l'ancien enquêteur la veille. Nous stationnons notre véhicule derrière le sien au cas où il chercherait à se défiler. McGuiness se dirige vers lui et l'aborde en sortant sa carte périmée de la SQ. Ça semble fonctionner à tout coup. Larochelle n'oppose aucune résistance. Il monte dans le véhicule et nous oriente vers le McDonald's le plus près, où on pourra calmement discuter entre adultes consentants.

Je résiste à ses airs innocents, car à première vue, ce jeune barbu m'a l'air d'un homme tout à fait normal. C'est souvent le problème avec les psychopathes, ils sont impossibles à distinguer des gens normaux. Celui-ci ressemble d'ailleurs à un bon père de famille, alors qu'en réalité, il est peut-être le bourreau qui a exécuté froidement cinq femmes et leur progéniture.

— De quoi vous voulez m'entretenir, au juste ? nous dit Larochelle en goûtant son café.

— Je peux savoir ce que tu faisais, hier, au cimetière Côte-des-Neiges ? l'interroge McGuiness sans plus tarder.

— C'est donc ça, réfléchit tout haut Larochelle. C'est vous qui m'avez couru après ?

— Caché derrière un arbre… Vous vous masturbiez ou quoi ? demandé-je sous le regard exaspéré de McGuiness.

— Vous êtes malade ? répond-il comme si ma grossièreté venait de le heurter.

— Alors pourquoi tu t'es sauvé quand t'as vu que je t'avais repéré ? lui dit McGuiness.

— Je voulais assister aux funérailles d'Amélie… en passant incognito, finit-il par avouer.

— Vous avez aussi assisté aux funérailles des autres victimes ? demandé-je avec ironie.

— Quelles funérailles ? Je ne vois pas de quoi vous parlez, prétend-il candidement en déposant son verre de carton.

— Ça fait quoi d'avoir cinq ou — devrais-je dire — dix morts sur la conscience ? ajouté-je.

— Mais de quoi vous parlez, là ? J'ai l'air d'un tueur, moi ? s'inquiète-t-il.

— Alors qu'est-ce que vous faisiez aux funérailles d'Amélie ? répété-je, cherchant à garder mon calme.

Larochelle incline la tête et échappe un sanglot. Imperturbable, McGuiness lève les yeux au ciel devant ce mauvais théâtre, mais garde tout de même son sang-froid.

— Je l'aimais, finit par avouer Larochelle.

McGuiness et moi échangeons un regard surpris.

— T'appelles ça aimer, toi, poignarder une femme pis son enfant ? fait McGuiness en s'approchant du barbu.

— Non mais ça va pas ? Vous vous trompez. Amélie et moi, on était amants !

Ce type est-il en train de nous manipuler ou dit-il la vérité ? McGuiness et moi échangeons à nouveau des regards étonnés.

— Amants ? Comme c'est romantique. Vous tuez les femmes que vous aimez, c'est ça ? lui demandé-je sur un ton toujours plus ironique.

— Mais pas du tout ! Amélie était enceinte de notre enfant, tient-il à préciser.

Est-ce que cet homme est en train de nous fabriquer une histoire ? C'est moi qui les écris habituellement. Mais il récite la sienne avec tellement de véracité que je me mets à douter de mes présomptions.

— Et qu'en savait Patrick Lanctôt ? insisté-je pour m'assurer que Larochelle ne cherche pas à nous leurrer.

— Rien, répond-il en secouant la tête, l'air honteux, ajoutant qu'Amélie retardait toujours le moment où elle lui dirait la vérité.

— À combien de temps remontait votre liaison ? demande McGuiness.

— Amélie était mon premier amour. L'université nous a séparés quand elle est partie étudier à l'extérieur. À son retour, j'étais marié depuis déjà quelques années. Quand nous nous sommes revus, ç'a été un coup de foudre… Mes sentiments pour elle n'avaient pas changé, même après dix ans.

On se croirait au cinéma. Je n'avais jamais imaginé assister aujourd'hui à un rebondissement pareil. Comme quoi, même un scénariste peut se faire déculotter.

— Nous nous sommes croisés par hasard dans le quartier où je dirige un OBNL depuis que j'ai terminé mes études en travail social.

— Patrick n'était pas au courant de votre liaison. Mais votre femme ? demandé-je.

— Elle savait, dit-il, confus, comme si c'était une infamie. Je lui ai tout avoué dès le début. Nous envisagions de nous séparer à l'automne dès que l'enfant serait né. Vous pouvez lui demander, elle sait tout !

— Et Patrick, là-dedans ?

— Amélie le ménageait. Au moment où elle pensait lui annoncer, la série de meurtres venait de débuter. Elle jugeait que ce n'était pas le bon moment, il était suffisamment préoccupé comme ça.

McGuiness finit son café et se lève :

— Désolé pour ce contretemps, monsieur Larochelle, mais votre visite en catimini au cimetière nous a tous confondus.

— Vous n'allez pas tout révéler à Patrick, j'espère ? demande-t-il. Il va me tuer…

— Il n'a aucune raison de l'apprendre, lancé-je, y voyant l'occasion d'enterrer ce qui vient de se dérouler.

Nous voilà de retour à la case départ. McGuiness se confond autant que moi en remords. Même une bouteille de cognac ne suffirait jamais à nous faire oublier cette bévue qui aurait pu mal tourner sans l'habileté de McGuiness. Il arrive que les apparences de vérité soient trompeuses. Bien que je sème moi-même ce genre de fausses pistes dans mes histoires, je me suis fait prendre au piège comme un débutant. Je ne me vanterais jamais d'avoir été si malhabile, mais en même temps, les personnages faillibles ont la cote. Le public apprécie davantage les antihéros aux valeurs morales discutables que les héros manichéens.

Alors que j'ai cru que nous étions sur le point de capturer Judas, voilà que l'enquête recule plus qu'elle n'avance. Je prends le petit-déjeuner avec Élisabeth pour savoir si quelque chose émerge de son côté. Elle ne se doute pas un seul instant que McGuiness et moi avons eu recours à des méthodes peu orthodoxes la veille. Mais je sens que je n'ai pas le choix de lui apprendre certains détails en lui servant le café :

— Savais-tu que Patrick Lanctôt était cocu ?

— Je ne suis pas surprise outre mesure, me répond-elle en prenant son café.

— C'est tout l'effet que ça te fait ? lui dis-je sans cacher mon étonnement.

— C'est un garçon timide et parfois un peu froid. Sa femme devait manquer d'affection, ajoute-t-elle.

— Est-ce que vous avez disposé du corps du fœtus ? lui demandé-je.

— Curieux, cette question. Lanctôt l'a réclamé, hier. Il veut le faire incinérer pour éviter qu'on le jette avec les déchets médicaux.

— Et puis ?

— En principe, un parent peut disposer du corps de son enfant. Mais pour l'instant, le fœtus est encore à la morgue. Pourquoi ?

— Il se pourrait que l'enfant ne soit pas de lui, avoué-je en surveillant sa réaction.

— Quoi ? se surprend Élisabeth, qui s'attend à ce que je lui en dise un peu plus.

— Amélie avait un amant. Elle comptait l'annoncer à Patrick.

— Je suis curieuse de savoir où tu as pris ça…, réfléchit-elle tout haut.

— Un scénariste aussi peut être tenu au secret professionnel, lui dis-je sur un ton léger pour lui faire comprendre que je ne peux rien dire.

Je sens Élisabeth piquée par ma confidence. Peut-être ne s'attendait-elle pas à cette révélation. Alors qu'elle réfléchit, je fais glisser un sachet en plastique contenant le verre à café en carton de Francis Larochelle.

— Sur ce gobelet, il devrait y avoir l'ADN de celui qui prétend être le père de l'enfant. Peut-être pourrais-tu le faire comparer avec celui du fœtus…

Élisabeth esquisse un sourire méfiant. Me soupçonne-t-elle de faire bande à part en enquêtant seul de mon côté ? Ou se demande-t-elle plutôt si Patrick Lanctôt ignorait vraiment qu'il était cocu ?

18

ALORS QUE JE RÉVISE une scène de scénario que je viens d'écrire, je lorgne distraitement le bulletin de nouvelles à la télé qui joue en sourdine. Tout à coup, bang! La photo de Laurent Dumont apparaît en plein écran. Je me lève et m'approche du téléviseur pour mieux apprécier le reportage. L'obstétricien-gynécologue aurait été radié temporairement de son ordre jusqu'à ce qu'on fasse la lumière sur les accusations qui pèsent contre lui pour avoir posé des gestes à caractère sexuel. En tout, cinq patientes auraient porté plainte durant les dernières semaines. Je ne jubile pas pour autant. Je pense plutôt à Fanny, qui doit regretter de s'être laissé charmer par ce trou du cul. L'idée que docteur Jambes-en-l'air soit vraiment ce que j'avais imaginé ne parvient pas à me conforter. Mon entêtement m'aura coûté mon amoureuse. Plein de questions me viennent alors en tête. Et autant d'images, dont le sourire de Fanny quand elle se moquait de moi à cause de mes habitudes, de mes superstitions d'auteur et, aussi, de mes préjugés de grand-père. Peut-être, sans me le dire, me pardonne-t-elle aujourd'hui cet acharnement à la mettre en garde contre ce pourri. Je souris pour la première fois depuis son départ en me rappelant notre première rencontre: elle avait frappé à ma porte alors qu'à peine quelques minutes plus tôt, je pensais en finir avec ma vie devenue un calvaire. J'en étais tombé amoureux sur-le-champ. Et si elle avait été seulement pour moi, comme pour Michael Caine dans *Last Love*, la jeune et brillante femme qui nous aura permis de passer des moments précieux et inoubliables ensemble alors que nous étions tous les deux des êtres esseulés? Pourtant, en cet après-midi de fin d'été, j'aurais juré que nous allions finir nos jours ensemble. Je me ressaisis et la chasse rapidement de mon esprit quand je reçois un appel d'Élisabeth.

— Je pourrais passer chez toi après le travail? Il y a quelque chose dont j'aimerais te parler.

— À condition que je te garde à souper. Je partais justement cueillir des chanterelles.

— Tu me prends par les sentiments…

— Je suis incorrigible, ajouté-je.

Notre conversation est brève. Un rendez-vous à Pinel presse Élisabeth. Je ne savais pas qu'il lui arrivait encore d'y aller, avec son mandat à la SQ. Je reste surtout intrigué par ce dont elle veut m'entretenir. Ce n'est pas dans ses habitudes de faire des secrets ou d'être mystérieuse. Cette énigme aurait-elle de quoi m'inspirer une nouvelle scène? Pendant que j'y réfléchis, je sors remplir les mangeoires d'oiseaux sur la galerie devant la maison. C'est là que j'aperçois un type dans la trentaine qui fait du jogging dans la rue. Je me rappelle tout à coup l'avoir déjà remarqué. Cela doit faire quelques fois que cet étranger court devant chez moi. Il me salue. Mais pourquoi? Je reste figé. Je ne sais pas si je fabule à nouveau, mais je me mets à penser que Judas s'amuse peut-être à venir me narguer chez moi. Je me remémore soudain un souvenir d'enfance: quand j'allais à la chasse aux lièvres avec mon père, il lui suffisait de crier pour que le lièvre s'arrête, le temps de le mettre en joue et de le tirer. Ce matin, je me sens aussi bête que le petit mammifère. Je me mets bêtement à réfléchir à la marque de ses espadrilles et même à sa pointure plutôt que de partir à ses trousses. Alors que je le regarde s'éloigner, je sors finalement de ma léthargie et rentre à la course dans la maison. Je descends en vitesse dans la cave pour charger ma Winchester et saute ensuite dans mon pick-up afin de retrouver le quidam qui s'est peut-être payé ma tête. Mais trop tard, il a déjà quitté la rue. Je continue de chercher impatiemment le joggeur trentenaire, mais en vain. Les quelques rues avoisinantes sont également désertes. Il n'a quand même pas pu se volatiliser aussi rapidement. Après avoir refait le même circuit en entier, je décide de rentrer chez moi, choqué par ma torpeur. J'ai encore en tête l'image du lièvre paralysé qui attend qu'on lui tire dessus quand, soudain, je crois voir mon homme sortir d'une maison. Il porte un jeune enfant dans ses bras et l'embrasse tendrement, tandis que j'ai une Winchester semi-automatique Wildcat dissimulée entre les jambes. Je salue vaguement à mon tour ce nouveau résident du quartier que je ne connaissais pas encore et retourne chez moi tel un vieil idiot qui se sent dérailler. Comment ai-je pu penser un seul instant que ce jeune homme en espadrilles bon marché puisse être l'assassin qui sévit à l'ouest de l'île? Pourquoi serait-il venu me braver sur mes terres? Je me sens humilié et ridicule. Peut-être que cette enquête est vraiment en train de me faire virer fou. J'aurais dû me contenter d'écrire plutôt que de m'embarquer dans toute cette affaire.

Au moins, quand on scénarise une histoire, l'antagoniste a un visage. Mais là, contrairement à un personnage de fiction, Judas ne prend forme que par les crimes odieux qu'il commet et la peur qu'il suscite. Bizarre… Tout le monde sait à quoi ressemble le bon Dieu sans même avoir la certitude qu'il existe, tandis que je me retrouve incapable de m'imaginer la tête du psychopathe qui sévit à une heure de chez moi.

La journée a fini par passer. Je n'ai pas encore eu de nouvelles d'Élisabeth, sinon un texto qui disait : « Je serai chez toi un peu plus tard que prévu. » En début de soirée, j'appelle à la SQ, où Ben affirme ne pas l'avoir vue depuis plusieurs heures. Je n'insiste pas pour le moment. Elle sait que je l'attends pour le souper. J'ai préparé des ris de veau et concocté une sauce à partir des chanterelles que j'ai repérées en bordure d'un sentier dans la montagne. Dès vingt heures, je commence à lui laisser des messages et à lui envoyer des textos, en vain. Je guette l'entrée chaque fois qu'une voiture s'approche de la maison. Jugeant la situation anormale, je décide de prendre la route pour me rendre chez elle. Mais toujours rien. Pas de réponse quand je sonne à sa porte. Aucune trace de sa voiture, ni dans son entrée ni dans son garage. Habituellement, quand je commence à me faire ce genre de scénarios, c'est parce que je suis inquiet... Ou serais-je à nouveau victime d'un moment de folie, comme ce matin lorsque j'étais prêt à tirer sur un joggeur sans savoir qu'il était un nouveau voisin ? Mes troubles d'anxiété sont-ils en train de faire de moi un psychotique ?

Je reste stationné dans l'entrée de la maison d'Élisabeth, où je décide de l'attendre. Il me vient tout à coup l'idée d'essayer de retrouver son fils, qui vivrait au-dessus de son atelier, dans Griffintown. Rien de répertorié au 411. Sur Internet, je cherche le nom du peintre « Gab », qui me renvoie à la page Facebook du jeune homme, dont l'atelier serait situé sur la rue William. Après avoir roulé jusqu'à l'adresse indiquée, je sonne plusieurs fois à la porte de la galerie, où une femme en tenue légère finit par répondre. Elle est suivie du garçon que j'avais croisé dans la salle d'attente d'Élisabeth, le jour de nos retrouvailles, et qui semble porter sa casquette à toute heure du jour ou de la nuit. Je me retrouve seul un instant avec l'artiste, également mi-vêtu. Il se présente : Gabriel. C'est bien lui.

— La galerie est fermée depuis plusieurs heures.

— Je cherche votre mère, Élisabeth.

— Comment ça, vous cherchez ma mère ? me demande-t-il.

— Mon nom est Hubert Quentin. Nous devions dîner ensemble chez moi en Montérégie et elle n'est jamais venue. Elle m'avait pourtant confirmé qu'elle y serait en début de soirée. Ce n'est pas normal, m'inquiété-je, ajoutant qu'elle est habituellement réglée comme une montre suisse.

— C'est vous, le scénariste ?

— Elle vous a parlé de moi ? lui demandé-je, avec curiosité.

— À quelques reprises, oui, me dit-il avec une certaine méfiance, comme si elle l'avait fait en des termes peu élogieux.

Ce n'est surtout pas le temps ni l'heure de justifier mes faux pas d'une autre époque. La nuit est tombée. Le temps presse. Élisabeth ne répond pas non plus à Gabriel, qui essaie de l'appeler à son tour. Il me laisse ses coordonnées. Nous convenons de nous tenir au courant d'ici demain. Je rentre chez moi, où deux couverts immaculés m'attendent dans la salle à manger. Je suis seul et inquiet. Qu'a-t-il pu arriver à Élisabeth ?

Dès le lendemain matin, je donne un coup de fil à l'Institut Pinel, où on me confirme qu'elle aurait eu un entretien avec un détenu la veille en après-midi et qu'elle aurait ensuite quitté l'institution. Ma carte de visiteur étant valide pour la durée de l'enquête, je file directement au quartier général de la SQ. En arrivant devant la porte entrouverte du bureau de la psychiatre, je crois reconnaître la silhouette d'Élisabeth et la dispute amicalement avant de réaliser qu'il s'agit plutôt de Josiane.

— Désolé Josiane, je t'avais prise pour Élisabeth.

— Ça fait un moment que je l'attends. Nous avions rendez-vous à la première heure ce matin. Mais là, je dois me rendre sur une scène de crime, dit-elle en jetant un coup d'œil à sa montre.

— Nous devions souper ensemble à la maison, hier soir, lui avoué-je. Elle n'est pas allée chez elle non plus. Curieux…

— Peut-être a-t-elle eu un empêchement ?

— Elle m'aurait appelé. Ce n'est pas dans ses habitudes.

— Je ne savais pas que vous étiez..., me dit-elle, surprise, sans terminer sa phrase.

— Des amis... En fait, d'anciens amants qui se sont retrouvés après vingt ans, ajouté-je sans rentrer dans les détails.

Josiane jette un coup d'œil sur son téléphone. Je la sens un peu pressée.

— Je dois vraiment y aller, monsieur Quentin, dit-elle.

— Vous avez eu les résultats qu'elle vous a demandés?

Josiane semble prise de court. Je ne suis pas censé m'adresser directement à elle pour ce genre de requête.

— L'ADN de Patrick Lanctôt n'a rien à voir avec celui du fœtus, c'est ça? insisté-je subtilement avant qu'elle quitte les lieux.

Mon commentaire embarrasse Josiane puisqu'il s'agit d'une information confidentielle. Elle referme la porte pour me parler en toute discrétion.

— Ça ne doit pas sortir d'ici, insiste-t-elle. L'ADN des restes fœtaux a de nombreuses similitudes avec celui retrouvé sur le gobelet. Patrick n'est donc pas le père. S'il fallait qu'il l'apprenne, dit-elle, ce serait catastrophique! Il est suffisamment affligé comme ça.

— Vous êtes proches?

— Patrick est un vieux copain... Nous nous sommes connus à l'université.

— Il n'a effectivement pas besoin de savoir que sa femme baisait avec un autre homme.

Le téléphone de Josiane se met à vibrer. Elle s'apprête à s'en aller, mais s'arrête un instant:

— Je ne devrais pas vous le dire, Hubert, mais vous aviez raison à propos de la mort d'Amélie.

— Quoi?

— Ce meurtre n'était pas identique à ceux des autres victimes. Le coup a été porté directement au cœur et avec une violence inouïe.

— C'est vrai ?

— On m'attend. Je dois vraiment filer, précise-t-elle en sortant.

Ébranlé par tous ces événements, je m'assois sur la chaise d'Élisabeth et me mets à craindre que Judas l'ait fait souffrir elle aussi. Je jette discrètement un coup d'œil dans la pièce, à la recherche d'un quelconque indice qui pourrait m'aiguiller sur l'endroit où elle aurait pu aller après sa réunion, hier. Rien. À part sa mallette de cuir qui ne la quitte habituellement jamais et qui est resté sur son bureau. Je décide alors de la prendre avec moi. En sortant du bâtiment, j'aperçois la BMW d'Élisabeth garée dans le stationnement extérieur. Je m'en approche, et confirme que c'est bien la sienne. Je la reconnais par le pare-brise craqué, côté passager. Mais où est-elle ? Je questionne le gardien à la guérite. La voiture y serait depuis hier après-midi. Élisabeth aurait donc quitté la SQ autrement. Mais comment et avec qui ? Je décide de retourner chez moi pour voir si Élisabeth n'aurait pas donné signe de vie. Qui sait si, par miracle, je ne la retrouverais pas en train de se dorer au soleil dans ma cour… Mais arrivé à la maison, personne. Le jardin est désert. Et puis, il pleut à boire debout.

Je décide dès mon retour de forcer les serrures de la mallette d'Élisabeth, dans l'espoir d'y trouver un dossier où figurent des notes et des réflexions en vrac sur le tueur. Je n'y découvre rien qui, à première vue, me surprenne ou puisse m'aiguiller sur une quelconque piste. Une idée complètement saugrenue me vient toutefois à l'esprit en mettant la main sur sa carte professionnelle de l'Institut Pinel. Mais mon inquiétude pour Élisabeth prend le dessus sur le reste. J'appelle Piché pour lui demander d'activer son équipe, mais son ton est grave :

— Mon cher Quentin, vous n'aimerez pas entendre ce que je vais vous dire : nous venons de retrouver le corps d'Élisabeth Pelletier gisant dans un fossé, l'article de votre acolyte Renaud Labrie enfoncé dans la gorge, tient-il à préciser comme si la responsabilité de cette nouvelle victime nous incombait.

Je suis sans mot, les poings fermés et les yeux noyés par la peine, saisi par la colère et la douleur. Je savais bien qu'il y avait un danger à narguer le tueur. J'avais prévenu Élisabeth, mais elle n'y voyait qu'un jeu. Je me sens tout à coup responsable de sa mort. Je jure que je vais tuer de mes mains le monstre qui l'a arrachée à la vie.

— Je vais vous demander de passer au bureau pour faire votre déposition, j'aurais quelques questions pour vous, poursuit Piché.

Les paroles de Caporal-mon-cul effleurent à peine ma conscience. Tout ce que j'entends est la pluie qui tombe dehors. Comme si mes larmes ne suffisaient pas. Que me reste-t-il si toutes celles que j'estime m'abandonnent ? Je pense alors à Gabriel, qui ne m'est pas encore revenu. Sans doute est-il déjà au courant du drame. Je n'ose pas l'appeler. Je file à toute vitesse à la SQ, la tête encombrée de souvenirs d'Élisabeth. Je ne pense qu'à venger sa mort. Quand on est seul, on ne craint plus ce dernier combat. Mais comment puis-je prétendre y arriver alors que, depuis des mois, je tourne en rond en cherchant ce détraqué qui semble se moquer de moi ?

Je n'ai rien vu du trajet que j'ai pris pour revenir aux bureaux de la Sûreté du Québec. On dirait que le temps s'est arrêté. Je ne reconnais plus les gens autour de moi tellement je suis abasourdi. On me conduit dans une salle où Piché me rejoint après quelques minutes :

— Je peux vous offrir quelque chose à boire, Quentin ?

— La seule chose que j'accepterais d'ingurgiter, c'est un quarante onces de cognac.

— Vous m'avez affirmé que vous connaissiez Élisabeth depuis nombre d'années, mais je me suis laissé dire que vous aviez eu une relation avec elle. Je ne savais pas que vous aviez été amants ?

— Chacun a ses arcanes, Piché. Vous couchiez avec la femme de McGuiness, Judith baise avec Benoît... Ainsi va la vie.

— On dirait que rien ne vous échappe jamais.

— Vous m'avez fait venir ici pour qu'on prélève mon ADN, c'est ça?

— Je n'ai pas le choix, Quentin, dit-il en détournant le regard. Ce n'est pas parce que vous vous êtes dit inquiet en parlant de l'absence d'Élisabeth à Josiane que cela vous innocente nécessairement, dit-il sur un ton mi-figue mi-raisin en faisant mine de consulter un dossier.

— Vous êtes grotesque, Piché. Vous ne pensez quand même pas que j'ai tué une femme que j'ai aimée dans une autre vie?

— Je ne vous accuse pas. Je ne fais que mon travail, Quentin.

— Quand comprendrez-vous que votre travail, ce n'est pas de faire chier le monde, mais de découvrir qui est cette ordure qui tue de pauvres femmes enceintes et qui a décidé en plus d'exécuter Élisabeth?

— La signature de celui qui a fait ça n'est pas la même. Élisabeth a été frappée à la tête à plusieurs reprises.

— Vous vous êtes donc dit: «Et si ce foutu scénariste avait profité de la tuerie pour en finir avec son ancienne maîtresse?» Mais pour quel motif? Vous êtes encore dans le champ, Piché! lui lancé-je en le pointant avec mon doigt comme s'il s'agissait d'une arme. Vous avez tout faux depuis le début! Votre première erreur a été de confier cette affaire à un surdoué qui n'avait aucune expérience. Vous avez ensuite fait dévier l'enquête en criant haut et fort que le tueur travaillait à l'hôpital, comme si vous vouliez l'alerter pour éviter qu'on l'arrête. Et finalement, vous ne m'avez pas cru non plus quand je vous ai dit que le meurtre d'Amélie était différent des autres. Il a fallu que la médecin légiste elle-même me l'apprenne.

— Je vous rappelle que personne ne vous a obligé à collaborer avec nous, Quentin.

— Surtout pas vous, Piché. Élisabeth m'a raconté comment vous aviez essayé de me tasser et de quelle façon elle vous avait tenu tête quand vous aviez un peu trop insisté. C'était une sommité en psychiatrie. Ça ne lui a pris que quelques secondes pour conclure que vous n'étiez pas fait pour ce travail. Vous êtes un imposteur, ajouté-je avec dédain.

— Je viens tout juste d'interroger son fils. Il m'a dit que vous étiez justement en ville hier soir. Pour un homme qui l'attendait à la maison, vous étiez bien loin de chez vous.

— Pauvre Piché. Laissez tomber. Les histoires, c'est moi qui les écris. Les vôtres ne tiennent pas la route.

Piché est conscient qu'il marche sur des œufs. Le spectre de nouvelles excuses publiques à mon endroit entraînerait sa démission, et il le sait. Voilà pourquoi il emprunte un ton officiel pour terminer notre entretien :

— Vous comprendrez donc, monsieur Quentin, que vos liens avec la victime vous écartent désormais de l'enquête en cours sur le tueur en série, dit-il avec dérision, comme s'il savourait ce moment tant attendu. Je vous ordonne également, du même coup, de ne pas chercher à entrer en contact avec l'équipe chargée du dossier.

Je quitte les lieux en furie après que Judith a pris un échantillon de mon ADN. Mais avant de sortir des locaux de la SQ, je me faufile pour rendre visite à Josiane dans ses quartiers. Elle s'excuse d'avoir dû révéler à Piché l'existence de notre relation. Je ne lui en tiens pas rigueur. Après avoir insisté, elle m'autorise à voir Élisabeth pour une dernière fois avant d'entamer son autopsie. Je crois reconnaître sa silhouette sous un drap blanc, que Josiane écarte pour découvrir son visage. La légiste se retire ensuite discrètement, le temps que je me recueille un court moment. Je n'avais jamais vu Élisabeth le teint si grisâtre et les traits si tendus. Je l'ai connue si étincelante. Je l'embrasse affectueusement sur le front et hume une dernière fois le parfum délicat de sa nuque en lui chuchotant à l'oreille que, tôt ou tard, je vais trouver le détraqué qui lui a fait ça et le tuer de mes propres mains. C'est là, penché sur elle, que j'aperçois des plaies sur sa tête.

— Ça semble avoir été fait avec une pierre, m'apprend Josiane alors que je porte attention à ces blessures.

J'éprouve ensuite le besoin de m'asseoir un moment et j'accepte le gobelet d'eau fraîche que m'offre la jeune médecin légiste, qui croit peut-être que l'odeur de formol planant dans la place ajoute à mon accablement.

— Je suis désolée, Hubert. Je sais qu'elle comptait pour vous.

— Ce psychopathe est en train de me faire virer fou...

— Je me suis permis d'en informer Patrick, m'annonce-t-elle.

— Vous avez des nouvelles de lui ? Il ne m'a pas donné signe de vie depuis les funérailles de sa femme, ajouté-je, surpris.

— Je l'ai croisé hier soir au gym. Il a mentionné qu'il songeait à quitter la Sûreté du Québec. J'ai insisté pour qu'il ne prenne pas sa décision sur un coup de tête. Je me suis d'ailleurs juré d'aller le voir chez lui pour le brasser un peu.

— Que ferait-il d'autre ? lui dis-je, étonné par la révélation.

— C'est un garçon plein de ressources.

— Que voulez-vous dire ?

— Quand nous nous sommes connus, il débutait en médecine, mais il s'est finalement intéressé à la psychologie. Il aurait tout aussi bien pu s'intéresser au droit.

Il arrive parfois, juste en entendant un mot, qu'une épiphanie vous frappe comme si elle vous sortait enfin d'une torpeur. « Médecine », ce mot dans la bouche de Josiane fait soudain jaillir en moi une évidence. Jamais je n'aurais pu imaginer un tel rebondissement. Le tueur de mon scénario serait-il sur le point d'être démasqué ? Tout à coup, une série de flash-back me reviennent à l'esprit et se mêlent à ce qui m'entoure, des flacons de formol, des plateaux de scalpels... Tout est là !

— Il assistait à vos autopsies, parfois ? demandé-je à Josiane en affichant un air distrait, question de ne pas trop soulever son attention.

— Même étudiant, ça lui arrivait. Surtout lorsque je travaillais le soir. Il apportait des pizzas de chez Milano et on s'installait à mon bureau avec de la bière. Pour moi, c'était une végé et pour lui, une toute garnie extra bacon, précise-t-elle avec nostalgie.

— Il pouvait entrer ici sans problème?

— Il empruntait la porte de sécurité par laquelle entrent les cadavres. C'était notre secret, avoue-t-elle d'un air coquin.

— Vous étiez amants?

— Non, dit-elle en éclatant de rire. Je n'étais pas son genre. Nous étions tous les deux des âmes solitaires.

« Des âmes solitaires ». Comment ne pas continuer d'être troublé par les révélations de Josiane? Des mots clés comme « médecine » et « solitaire » ne peuvent que s'accorder ensemble que si on les associe à « psychopathie ».

— Et ensuite?

— Il a rencontré Amélie. Nous nous sommes perdus de vue.

— Et vous vous êtes retrouvés?

— Nous sommes malgré tout restés copains. Il vous a dit que c'est moi qui l'avais recommandé aux ressources humaines?

— Je n'en savais rien, rétorqué-je, interloqué.

Soudainement, on dirait que les pièces du casse-tête se mettent en place à nouveau. Mais cette fois, d'une autre façon. J'étais venu ici pour dire un dernier au revoir à mon ancienne flamme et je découvre que Patrick Lanctôt en est peut-être l'assassin.

Alors que j'allais quitter l'endroit, j'aperçois Gabriel, le fils d'Élisabeth, assis en retrait sur un banc, s'essuyant les yeux du revers de la main. Il a retiré pour la première fois sa casquette. Ce n'est pas Élisabeth que j'entrevois dans le contour de ce visage, mais quelqu'un que je connais bien davantage: Gabriel, c'est moi dans la vingtaine! Je distingue chacun de ses traits. Ses yeux creusés sous des sourcils épais et arqués, son nez légèrement busqué, sa bouche qui ressemble à celle de ma propre mère, et là, en plus, ma crinière avant que je ne grisonne. Gabriel Pelletier est mon fils. Incapable de cacher mon effarement, je m'assois — ou plutôt, je m'écroule — tout près de lui et appuie ma tête sur le mur. Je me rappelle alors ces mots récents d'Élisabeth:

« Il m'aura fallu attendre la naissance de mon enfant pour me rendre compte que cette douleur était disparue. » Et puis aussi, cet autre reproche qui m'était allé droit au cœur : « Tu m'as quittée froidement, sans jamais me rappeler pour savoir si je croupissais dans ma chambre, sans te préoccuper de ce que je devenais alors que je me sentais rejetée comme un vulgaire jouet dont tu t'étais lassé. »

Élisabeth aurait donc porté et élevé notre enfant sans jamais m'en toucher un seul mot. C'était probablement mon châtiment. J'ai une fille qui regrette que j'aie existé et un fils dont j'ignorais jusqu'à maintenant l'existence. Je suis meilleur sans doute pour accoucher des histoires qui racontent celles des autres que pour vivre correctement la mienne. Était-ce de cela qu'Élisabeth voulait m'entretenir ? Je n'aborde pas le sujet avec Gabriel qui, de toute évidence, connaît la vérité depuis longtemps.

— C'est vous qui l'avez entraînée là-dedans, me dit-il, accusateur.

— Écoute… Tu peux penser ce que tu veux, Gabriel. Mais c'est la SQ qui l'a sollicitée pour ses capacités d'analyse. Pas moi.

— Alors vous êtes venu pourquoi à la maison, l'autre jour ?

— Lui demander conseil, c'est tout.

Le climat est tendu. Je me contente de poser ma main sur son épaule et promets que je ne laisserai pas le tueur impuni. Mais cette situation me secoue plus que je ne le montre. Un peu comme au cinéma, dans une scène où le protagoniste est confronté à une quelconque fatalité, la vie autour de moi se poursuit au ralenti. Je me sens étourdi et ne comprends plus rien de ce que Gabriel me raconte. J'ai l'impression d'être en plein cauchemar : je suis incapable de lui répondre quand il s'enquiert de moi. J'arrive à parler, mais d'un seul côté de la bouche. Que m'arrive-t-il ? La morgue est sûrement le bon endroit pour crever, mais je ne veux pas mourir, ni ici ni maintenant. Il y a Fanny, à qui je n'ai pas fait mes adieux, et ma fille qui ne me pardonnerait pas d'être parti sans l'embrasser. Sans oublier ce fils, dont je ne connais encore rien et auquel je viens de faire une promesse qui doit être honorée à tout prix.

Dans les minutes qui suivent, Gabriel me salue d'un signe de la main alors qu'on glisse ma civière dans une ambulance qui part ensuite à toute vitesse. Je ne vois rien du trajet. Je ne sais plus si je pars rejoindre ceux qui sont disparus de ma vie ou si je vais réellement à l'hôpital. Je ferme les yeux et m'endors sans savoir si je vais me réveiller un jour.

19

Incapable de me sortir de la torpeur qui m'afflige, j'essaie de retrouver le sourire d'Élisabeth quelque part dans l'infini. Elle est partie sans que j'aie eu le temps de m'excuser et m'a laissé un fils dont je ne connaissais pas l'existence. Je ne méritais sans doute pas mieux. C'est malheureux que même notre amitié n'ait pas tenu le coup plus longtemps. Je m'en veux et, en même temps, je ne sais plus quoi me reprocher, sinon de l'avoir connue. Il est des histoires d'amour qui mettent parfois une vie à se conclure. Et puis, la tête de Lanctôt, que je soupçonne d'être l'assassin d'Élisabeth, me revient à l'esprit : « C'est lui ! C'est lui ! » crié-je. Alors que suis encore incapable de bouger, une main toute frêle se pose sur ma joue pour me calmer. J'ouvre les yeux et aperçois Fanny qui m'embrasse sur le front.

— Tu m'as fait peur, me dit-elle tendrement, soulagée que je sois de retour parmi les vivants.

Si c'est ça la mort, j'aurais dû crever avant. Je ne parle pas tout de suite, comme si je craignais qu'une quelconque paralysie m'empêche de répondre. Et pourtant, je voudrais lui crier mon amour.

— Qu'est-ce que j'ai ? me contenté-je de chuchoter, le nez branché à un respirateur, le bras connecté par un cathéter à un soluté et à une quincaillerie électronique.

— Tu as fait un petit AVC, mais tout va bien.

— T'es ici depuis quand ?

— Ton ami McGuiness m'a appelée hier, dès qu'il a su. Il se sentait aussi un peu responsable de l'arrestation de Laurent. Il dit que tu n'y es pour rien. Qu'il aurait pris l'initiative de poursuivre l'enquête de son côté.

— Il t'a dit ça ? rétorqué-je, sans rien nier.

— Il a l'air aussi têtu que toi, me lance-t-elle, l'air taquin.

— Écoute, Fanny, je ne suis pas blanc comme neige dans cette histoire.

— Ça va. J'en ai maintenant le cœur net, ajoute Fanny, comme si elle ne voulait plus en parler.

Presque trois mois se sont écoulés depuis qu'elle a quitté la maison. Nous avons raté l'été ensemble. Elle n'a pas connu la brise qu'il fait le matin dans la chambre, celle qui fait danser les rideaux et, surtout, qui nous aurait fait nous blottir nus l'un contre l'autre. Je retrouve son parfum et le vert de ses yeux rieurs. Elle ne dit rien durant un long moment. Mais j'entends tout de sa peine et de son regret.

— Je suis désolé.

— J'étais aveuglée…

— Si tu savais combien j'ai fait bien pire, même tout récemment. Je n'arrête pas de voir des coupables là où il n'y a que des innocents. J'en viens parfois à me demander si je ne serais pas en train de perdre la tête.

— Tu ne m'avais jamais parlé d'Élisabeth, lance-t-elle en s'assoyant près de moi.

— Il arrive qu'on regrette d'avoir blessé quelqu'un et qu'on tente d'oublier un pan de sa vie. Nous avons eu à peine le temps de renouer qu'elle a été fauchée par ce fou.

— C'est moi qui t'ai encouragé à accepter cette offre. Si j'avais su que ça dégénérerait comme ça, je me serais moins emballée.

— Tu n'as rien à voir là-dedans. Le scénariste en moi y voyait égoïstement l'occasion de se mettre quelque chose sous la dent.

— À propos… il y a un jeune homme, Gabriel, qui a appelé ce matin sur ton cellulaire pour prendre de tes nouvelles. Il dit que c'est lui qui aurait alerté les secours.

— Ah bon…, dis-je en feignant de ne pas reconnaître son nom.

La découverte d'un fils inconnu, le retour inespéré d'une amoureuse, l'assassinat d'une ancienne maîtresse… la tension dramatique est à son comble. D'habitude, c'est moi qui imagine ces rebondissements dans mes histoires. Si mon travail de scénariste est loin de mes préoccupations pour le moment, mes soupçons sur Patrick Lanctôt occupent tout mon esprit. Je n'ai pas l'intention de rester longtemps allongé sur ce lit d'hôpital. Comme si je ne voulais pas voir repartir Fanny, j'ai toujours sa main dans la mienne quand on frappe soudainement à la porte. Caché derrière un bouquet de fleurs ridicule de par son immensité, Alban se faufile dans la chambre en louant le Seigneur de m'avoir épargné. Il me tapote la joue avec sa main et me corrige comme si j'étais un gamin :

— Une chance que Fanny m'a appelé, j'aurais manqué ton enterrement.

— Il faut croire que tu n'en as pas fini avec moi…

— J'ai parlé à Catherine. Elle se demande si elle ne devrait pas prendre le premier vol pour venir à ton chevet.

— Si tu cherchais un moyen pour que je renonce à poursuivre mon scénario, t'as frappé juste.

— Je vais la rassurer, précise aussitôt Alban.

— Mais sait-on jamais. Cet incident a probablement encroûté mon cerveau. Je ne pourrai peut-être plus scénariser.

— Ça me surprendrait! Avec tout ce qui t'arrive, mon cher Hubert, je serais le premier étonné que tu manques de matière première pour écrire quelque chose.

— Tu voudrais bien me laisser récupérer encore quelques heures, s'il te plaît? dis-je, un peu las de son habituelle insistance.

Fanny ricane dans son coin, amusée par Alban qui continue de me ridiculiser pour alléger la situation. Je dois avouer que je l'ai souvent nargué avec ses histoires d'amants qui l'abandonnent l'un après l'autre sous prétexte qu'il est trop vétilleux, un mot poli pour dire «maniaque». Mais j'ai beau sourire et badiner avec lui, rien de tout cela ne réussit à apaiser ma colère et mes appréhensions. Je me donne un peu de temps encore pour m'assurer que je ne fabule pas à propos de Patrick Lanctôt. Se foutrait-il de ma gueule depuis le jour où il s'est présenté chez moi avec ses TOC et son air innocent de jeune premier?

Comment pourrai-je attendre bêtement à la maison durant les trente jours de convalescence que le médecin vient de me prescrire? La patience n'est pas mon fort, ni l'apathie d'ailleurs. Je devrai décourager Fanny, qui se propose de veiller sur moi cette semaine. J'ai beau être ravi de la retrouver, le tueur en série, lui, court toujours les rues. Ce n'est surtout pas le moment de baisser les bras.

20

Il arrive que la suspicion — tout comme l'amour — nous rende aveugles. Je dois donc m'assurer de ne pas répéter la même erreur qu'avec l'amant d'Amélie, que j'avais aussi pris pour Judas. Il me faut enquêter avant de porter des accusations. Je n'en parle pas à McGuiness, trop près de Lanctôt. Il tenterait de m'en dissuader. McGuiness a beau être un homme au tempérament mesuré, je crois qu'il est incapable de faire preuve de discernement concernant son jeune protégé. Je sais très bien que ces détraqués cachent habilement ce qu'ils sont en réalité. Même un ancien policier aguerri comme McGuiness n'y verrait que du feu.

Quarante-huit heures se sont écoulées depuis mon retour de l'hôpital. Juste assez de temps pour élaborer un plan d'attaque. J'ai réfléchi à tout ce que Lanctôt m'a raconté depuis qu'on se connaît et j'ai choisi de commencer par le début : ses études à l'université. Un professeur qui prétend se souvenir très bien de lui a accepté de me rencontrer. J'ai d'abord fait croire à Fanny que j'éteignais mon portable le temps d'une sieste, question de m'assurer qu'elle ne s'inquiéterait d'aucune façon. Je suis ensuite parti de chez moi comme un voleur, sachant très bien que la voiture m'est aussi interdite que l'alcool durant trente jours. Mais s'il est une chose qui ne peut attendre, c'est bien de confirmer une fois pour toutes mes soupçons sur Lanctôt.

Ça faisait des années que je n'étais pas venu à l'Université de Montréal. On dirait qu'il y a des odeurs et des ambiances qui ne changent pas. Dans une autre vie, la Faculté des arts et des sciences de l'université m'avait embauché comme chargé de cours pour enseigner la littérature à des ignares. Cela aura duré deux sessions. Je détestais autant l'enseignement que le foie de veau.

Situé sur l'avenue Vincent-d'Indy, le pavillon Marie-Victorin est à quelques minutes à pied de la résidence d'Élisabeth. J'ai dû faire un détour pour éviter sa demeure. Sa mort est encore trop récente pour que je supporte l'idée de passer devant sa porte sans pâtir. Je m'assois sur une banquette dans le hall d'un corridor en attendant que le professeur Milan Nikolic vienne m'accueillir. Il semble déjà me connaître de réputation.

— Hubert Quentin, le grand scénariste, c'est ça ? me dit-il avec un accent joyeux et le sourire aux lèvres.

Je voudrais lui préciser que je ne suis plus l'ombre de ce que j'ai été et que la pire histoire qu'il m'ait été donné de vivre n'a pas encore été écrite, mais je ne suis pas ici pour ronchonner. J'accompagne le docteur en psychologie et spécialiste en violence criminelle jusqu'à son bureau, un fouillis qui ressemble au mien quand je suis dans ma période asthénique. En fait, mes derniers dossiers jonchent le sol depuis que j'ai tout foutu en l'air en apprenant la mort d'Élisabeth. Je n'ai pas encore eu le courage de les ramasser. J'ai d'autres chats à fouetter. Je suis d'ailleurs ici pour me faire une meilleure idée de Patrick Lanctôt. Avant de tirer des conclusions, je dois être bien certain qu'il s'agit de la bonne cible. Trop de gens sont morts inutilement depuis quelques mois. Faut limiter les dégâts. Voilà pourquoi je souhaite en savoir le plus possible sur son passé.

— Je ne veux pas vous faire perdre trop de temps, professeur Nikolic...

— Nous avons probablement le même âge. Appelez-moi Milan, je vous en prie.

J'apprécie l'initiative. Peut-être a-t-il deviné que je déteste les dénominations pompeuses. Est-ce parce que mes tourments des derniers mois sont si manifestes que le professeur ouvre sa crédence et nous sert un cognac ? Vu ma toute récente diète imposée par le médecin, je devrais refuser, mais se tremper les lèvres ne peut pas quand même pas être considéré comme une consommation.

— Je me souviens très bien de Patrick Lanctôt. Il était un étudiant doué. Et attachant aussi, précise Nikolic, en commentant mon courriel.

— Et pourtant, c'était un solitaire...

— Ça explique sans doute pourquoi il était si studieux.

— Pour mon prochain scénario, je songe à créer un personnage qui soit à la fois brillant et ambigu.

— Je vais tenter de répondre à vos questions du mieux que je peux, Hubert.

Comment aborder l'acuité de Lanctôt sans le mettre sur la sellette ? Il me faut être habile pour ne pas dévoiler mes soupçons.

— Le jeune Lanctôt m'a parlé un jour d'un mémoire sur Jack l'Éventreur qu'il vous avait présenté, ça vous rappelle quelque chose ?

— Comment pourrais-je l'oublier ? Il avait été le seul à relater minutieusement les faits des rapports d'enquête qui avaient été soumis à l'époque. Un cas qui remontait déjà à plus de cent vingt ans !

— Et quelle avait été l'issue de son exercice ?

— Il avait conclu que le meurtrier était un policier qui détestait les prostituées. Ce qui s'avère d'ailleurs aujourd'hui la thèse de Rod Beattie, un historien qui a passé plus de vingt ans à fouiller les archives pour arriver au même résultat que le jeune Lanctôt. C'est pour vous dire la vivacité d'esprit du jeune homme !

Il est quand même curieux qu'un futur inspecteur de police croie dur comme fer que le coupable est un policier. Ou bien Lanctôt est d'une intelligence supérieure, ou bien il s'est intéressé à cette histoire parce que son profil et ses névroses étaient similaires à ceux du tueur. Jack l'Éventreur était peut-être son modèle, ou pis encore, son héros. Mais en échangeant avec Milan Nikolic, j'apprends qu'il n'y a pas plus de génies parmi les psychopathes que dans la population en général.

— Certains d'entre eux avaient quand même un quotient intellectuel supérieur à la normale, précise-t-il.

— Comme Ted Bundy ?

— Celui-là ! Il a obtenu le score le plus élevé recensé sur le *Hare Psychopathy Checklist*, 39 sur 40, s'étonne-t-il, comme s'il s'agissait d'un exploit qu'il faille applaudir.

— On dit qu'il était bachelier en psychologie. Tout comme… Patrick Lanctôt, lancé-je de but en blanc.

— Sauf que, jusqu'à preuve du contraire, Patrick Lanctôt a toute sa tête tandis que Bundy a tué trente femmes !

Il me faut cesser de tourner autour du pot et plonger dans le vif du sujet une fois pour toutes. Je suis quand même ici pour une évaluation psychologique de Lanctôt.

— Alors si je décidais éventuellement de faire de mon jeune psychologue un psychopathe, je serais, d'après vous, dans l'erreur ?

— J'ai côtoyé des psychopathes. Ce sont, pour la plupart, des manipulateurs. Ce n'est pas le cas de Patrick Lanctôt. Je vous assure, ça ne serait pas crédible.

— Vous semblez oublier qu'un psychopathe peut même embobiner un professeur de psychologie spécialisé en violence criminelle.

— Écoutez, Hubert. Si vous êtes venu ici pour m'entendre dire que Lanctôt est peut-être le Judas qui tue toutes ces jeunes femmes enceintes, vous avez fait fausse route. Patrick Lanctôt n'est pas la bonne cible.

Le commentaire de Milan Nikolic ne me refroidit pas pour autant. Je demeure persuadé que je tiens l'assassin d'Élisabeth. Mais je ne suis pas encore autorisé à lui loger une balle de neuf millimètres entre les deux yeux. Mon implication dans un acte périlleux, et pas si lointain, remonte à la surface. Je voudrais bien ne pas avoir à répéter ce geste ultime. Mais cette fois, un doute subsiste dans mon esprit. Je crains que trop de coïncidences et de synchronicité ne m'aveuglent. Il faut des preuves convaincantes pour coincer ce bâtard. Je quitte le bureau du psychologue aussi sceptique qu'à mon arrivée. Et également un peu plus ivre. J'aurais dû me limiter à un seul verre, mais il m'a semblé plus civilisé d'apprécier la courtoisie de mon hôte.

Je m'arrête ensuite dans un parc d'Outremont, à quelques pas de l'université, histoire de dessoûler avant de reprendre la route pour la Montérégie. Je reste étendu sur la pelouse une bonne partie de l'après-midi à observer des enfants qui courent et qui crient candidement sous une fontaine pour se rafraîchir devant leurs mères, dont l'une est enceinte. Toute cette candeur ne fait que m'écorcher davantage, car je sais comment la vie peut aussi être brutale. Je me mets à penser à Lanctôt, armé d'un scalpel, en train de perforer la peau tendue comme un tambour d'une jeune mère enceinte de six mois. Et puis une question me vient soudain à l'esprit : pourquoi aurait-il tué sa propre femme ? Est-ce qu'il savait qu'Amélie le trompait et que l'enfant qu'elle portait n'était pas de lui ? Il m'avait confié qu'un homme avait déjà tourné autour d'elle. Étant un inspecteur de police, filer sa femme et son amant était un jeu d'enfant pour lui. Lanctôt n'avait qu'à coller un mouchard aux voitures des deux amants et le tour était joué ! Il avait aussi tenu à faire incinérer le fœtus de l'enfant sous prétexte qu'il ne voulait pas qu'il soit jeté aux rebuts. Et s'il avait plutôt cherché à faire disparaître les traces d'adultère de sa femme, qui auraient pu l'incriminer? Et puis, ses petites manies sont souvent les attributs d'un psychopathe. Lanctôt aurait-il pu tuer toutes ces femmes dans le seul but de maquiller la mort de la sienne?

La vue attendrissante d'un père venu rejoindre sa femme et son enfant me fait tout à coup réaliser que je suis peut-être en train d'imaginer une autre fausseté. Il faut sans cesse me rappeler que je ne suis pas en train de scénariser. Je dois me secouer! Lanctôt n'est quand même pas le « Victor » de mon histoire. Serais-je en train de perdre la tête? Un AVC peut-il rendre cinglé? Je passe encore un long moment à ruminer telle une vieille bête vautrée dans l'herbe, à me demander si je ne devrais pas renoncer une fois pour toutes à cette collaboration et rentrer calmement chez moi, comme je l'avais déjà envisagé, pour couler des jours paisibles sans sentir le poids des responsabilités.

Une fois dégrisé, je prends la route quand je réalise que je suis en train d'oublier la visite de McGuiness, qui doit déjà m'attendre depuis un moment. Il voulait venir voir comment se passait ma convalescence.

Arrivé à la maison, je découvre l'ancien enquêteur en train d'arroser mes plans de tomates qui tarissaient sous ce soleil de fin août encore chaud à cette heure du jour. Il s'arrête en me voyant.

— Je suis vraiment désolé pour le retard, McGuiness.

McGuiness est abasourdi par les dernières nouvelles. Il ne sait pas trop comment m'aborder. La mort d'Élisabeth l'avait consterné, puis est survenu mon AVC. Il m'accueille à sa façon :

— Je te rappelle que t'es pas censé avoir le droit de conduire un véhicule. C'est grave, ce qui t'est arrivé, Hubert! T'as besoin de repos. Y as-tu quelque chose qui va t'arrêter, ostie?

— Tu sais que ce crétin de Piché a exigé qu'on prélève mon ADN? Après tout ce que j'ai fait pour la SQ dans cette enquête...

— C'est l'astuce qu'il a trouvée pour te mettre hors circuit. C'est réussi!

— Je m'en fous. S'il le faut, je vais trouver moi-même l'enfoiré qui a tué Élisabeth et le…

— Tu vas quoi ? m'arrête-t-il d'un geste de la main. Te mettre encore dans le trouble, ajoute-t-il, en cherchant mon regard.

— Non mais tu penses vraiment que Piché est assez compétent pour régler lui-même le cas de Judas ?

— Je n'ai pas dit ça. Mais les choses doivent être faites dans les règles. Désolé de devoir te rappeler à l'ordre, Hubert Quentin !

— Personne ne m'empêchera de retrouver l'assassin d'Élisabeth.

— Un conseil d'ami : ne fais rien sans m'en parler à l'avance. Surtout dans ton état, précise-t-il.

— Dire que tout cela a commencé par un jeu.

— Ça n'a jamais été un jeu, Hubert.

— Imaginer la psychologie d'un tueur ou créer un personnage a toujours été un agrément pour moi. C'est de l'art… Mais là, en cours de route, j'ai été mêlé à cette histoire qui n'en finit plus de s'enliser.

— Désolé. C'est moi qui t'ai jeté dans la gueule du loup.

— J'ai aussi souhaité cette collaboration. Tu n'as rien à te reprocher.

— Et si je m'impliquais avec toi, Hubert ? Discrètement…

— Comment ?

— Marilou et moi hébergeons Patrick Lanctôt depuis quelques jours. Je pense que le travail de pomiculteurs ne l'enchante pas. Il meurt d'envie de reprendre l'enquête. Peut-être pourrait-il faire équipe avec nous ? échappe-t-il comme s'il me proposait de créer une escouade parallèle.

— Je ne crois pas que ce soit une bonne idée de le mêler à ça, lui dis-je, en tentant de dissimuler mes soupçons.

— Et pourquoi ? se surprend McGuiness.

— Il est chez vous depuis quand ?

— Depuis quatre jours. Marilou le surveille presque vingt-quatre heures sur vingt-quatre pour éviter qu'il y ait un nouveau suicide dans sa maison. Celui de son mari l'a suffisamment marquée comme ça.

— Donc, Marilou peut confirmer que Patrick était avec elle le jour où Élisabeth a disparu ?

— Il a passé la journée avec moi. Nous avons fendu le bois des pommiers que Marilou avait fait émonder l'automne dernier.

— Tu en es bien certain ? lui demandé-je sans trop savoir si la nouvelle devrait me réjouir ou me décevoir.

— Je ne comprends pas, Hubert. Pourquoi tu me demandes ça ?

— Il arrive parfois que je confonde la fiction et la réalité, lui dis-je en regardant tout autour de moi. Je vis coup sur coup des deuils depuis quelque temps. Je ne sais plus vraiment où j'ai la tête, ajouté-je, pour justifier mes ambiguïtés et, surtout, pour dissimuler mes soupçons.

McGuiness poireaute depuis un long moment dans le jardin sans que je lui aie offert quoi que ce soit à boire. Je sors quelques bières qui ne suffiront pas à éponger sa soif et encore moins à soulager mon impatience, mais l'heure qui suit me ramène sur terre. Je réalise que mes soupçons à l'endroit de Lanctôt, qui fut le protégé de McGuiness durant quelques années, ne sont peut-être pas aussi fondés et que je m'apprête peut-être à commettre à nouveau une grave erreur. Après l'amant d'Amélie et le joggeur aperçu dans ma rue, y aurait-il encore une méprise ? Je me sens de retour à la case départ. Malgré tout, je reste sur mes gardes. Le jeune inspecteur demeure un suspect. Je ne suis toujours pas convaincu qu'il est blanc comme neige.

21

La BMW d'Élisabeth se gare dans l'entrée du manoir. Je sors accueillir Gabriel qui descend du véhicule en regardant autour de lui comme s'il n'était pas accoutumé à l'air de la campagne. Je voudrais le prendre dans mes bras comme un père accueille son fils qu'il n'aurait pas vu depuis des lunes. Mais tout m'en empêche. Et puis, je ne suis probablement qu'un étranger pour lui. Le jour où j'ai abandonné Élisabeth et coupé brutalement nos liens, j'ai renoncé sans le savoir au privilège d'être le père de ce jeune homme. Elle a dû tant de fois me décrier et me déprécier pour se débarrasser de mon souvenir que je doute que Gabriel m'ouvre ses bras pour crier : « Papa, je t'ai tant attendu ! » Nous échangeons une poignée de main comme des voisins qui font connaissance, sans plus. J'improvise de la même façon que le jour où j'ai revu Élisabeth. Je l'entraîne dans la cour arrière de la maison en lui faisant la conversation, comme si je cherchais à meubler le silence. Et pourtant, j'ai plus de vingt ans à rattraper.

— Ta mère et moi avions récemment renoué. Amicalement, j'entends. C'était un hasard de la vie peut-être…

— Je ne crois pas aux hasards.

Il semble que Gabriel et moi soyons sur la même longueur d'onde à cet égard. Les événements surviennent habituellement comme ils devaient se dérouler. Nous devions un jour nous rencontrer, c'était écrit quelque part. Il m'est difficile de ne pas l'épier. Je guette sa démarche et crois me voir à nouveau. Il s'enfonce dans la cour et regarde la lumière à travers la forêt à la manière d'un peintre humant la beauté des lieux. Avoir engendré un fils qui accueille ce qu'il voit avec tous ses sens est une bénédiction. Trop de gens viennent ici et se contentent de parler du temps qu'il fait.

— La peinture a été mes premières amours, lancé-je en le rejoignant. Et puis je l'ai trompée avec l'écriture. Je ne l'ai jamais quittée, ajouté-je en ressentant le besoin de lui révéler par bribes qui je suis.

— Vous avez fait la même chose à ma mère, me dit-il.

Cela me confirme qu'il connaît bien notre histoire et que je réponds à la description du trou du cul qu'elle a peut-être faite de moi.

— Disons que c'est un peu plus compliqué que ça, précisé-je, comme si je tenais à me disculper en partie en évoquant le contexte à l'époque.

— Je ne vous reproche rien. Je viens moi-même de quitter ma petite amie sans trop savoir pourquoi.

— Faut-il chercher à comprendre à tout prix chaque geste que nous posons ?

— J'ai vécu avec une mère psychiatre et psychanalyste durant presque toute ma vie. J'ai un peu l'impression d'entendre son antithèse, monsieur Quentin.

— Aussi bien te le dire maintenant, Gabriel, je déteste les titres de civilité... Tu pourrais m'appeler Hubert, s'il te plaît ?

Au fond, je rêve qu'il m'appelle « papa ». Mais nous n'en sommes pas là. Nous sommes même très loin de ce genre de familiarités.

— Qui a pu la tuer, Hubert ?

— C'est bien ce que je voudrais découvrir. La dernière fois que tu l'as vue, ça remonte à quand ?

— J'ai soupé avec elle la veille de sa mort.

— C'était comment ? Quelque chose la troublait ?

— Tout semblait normal, me répond Gabriel, encore bouleversé par les événements.

— Elle t'a parlé de son travail récemment ?

— Je sais qu'un patient de Pinel avait demandé à la voir d'urgence, ajoute-t-il en essayant de se rappeler.

— Et puis ?

— Elle était plutôt absorbée par l'enquête sur Judas ces derniers mois. Mais elle avait accepté malgré tout d'y aller.

— Rien d'autre ? Chaque détail compte, Gabriel, insisté-je.

— Je me souviens qu'elle m'avait dit croire qu'il n'y avait que toi en qui elle pouvait avoir confiance pour l'aider à mener l'enquête.

— Elle a dit ça ? dis-je en réfléchissant tout haut.

— Maman doutait de la probité d'une personne. Un collègue, je crois…

— Élisabeth n'aimait pas le lieutenant Piché. Elle t'en avait parlé ?

— Mais ce n'est pas de lui qu'elle parlait. Je ne me rappelle plus… Mais « lieutenant », ce n'est pas le titre qu'elle avait prononcé.

— Sergent, peut-être ? Sergent Patrick Lanctôt ?

— Désolé, Hubert, je ne me rappelle pas. Mais je ne crois pas que c'était un grade. Je me souviens seulement qu'elle présumait quelque chose. Je pense que c'était à cause d'un rapport qu'elle avait lu et qui l'avait surprise, pour ne pas dire stupéfiée. Comme si elle soupçonnait quelqu'un de lui cacher quelque chose.

Élisabeth se trompait rarement quand il s'agissait de savoir si une personne disait vrai. Sa rigueur combinée à son intuition en faisait une femme redoutable.

— Un rapport ? Tu m'intrigues. Tu sais de quoi il était question ?

— Aucune idée. Je ne m'intéressais pas beaucoup à son travail, ajoute-t-il avec regret.

— Ma fille ne va jamais voir mes films et je ne lui en tiens pas rigueur.

— Il m'est arrivé d'être ingrat avec ma mère. Elle m'acceptait comme j'étais.

— Ce rapport… tu sais où on peut le trouver ?

— J'en ai vaguement parlé à la police quand on est venus faire le tour de la maison. Mais on n'a rien trouvé.

— Si jamais ça te revenait, pour ce rapport… tu m'appelles ?

Gabriel et moi passons ensuite un bon moment à parler de nos métiers et de nos passions. Et bien sûr, des obsèques d'Élisabeth, qui n'auront finalement jamais lieu. Gabriel préfère la garder vivante dans ses souvenirs. Je n'ai pas à approuver sa décision, mais je m'en réjouis puisque je déteste les cérémonies funèbres.

Je n'avais pas ressenti un pareil émoi depuis longtemps. Nous sommes entrés dans la maison. Gabriel s'est installé à la table de la cuisine, où personne ne s'assoit habituellement. Nous avons continué à causer de tout et de rien. Mais surtout de sa mère. Prendre une bière avec mon fils après avoir été esseulé par Florence, abandonné par ma fille et, ensuite, écarté de la vie de Fanny, est une occasion inouïe de me remettre à croire en l'avenir. Mais pas une seule fois encore nous n'avons effleuré ma paternité. Je ne veux rien brusquer et, surtout, je ne veux pas m'imposer. Je laisse l'initiative à Gabriel :

— Maman m'a dit que tu avais une fille ?

— Catherine. Elle est de huit ans ton aînée. Elle vit maintenant en France.

— Ça n'a pas dû être facile. Voir partir sa fille…

— Pour être franc avec toi, je n'ai peut-être pas été le meilleur père au monde. Et je dois t'avouer que nous nous entendons beaucoup mieux depuis qu'elle vit outre-mer.

Je ne connais ce jeune homme que depuis quelques jours et je voudrais que nos échanges s'éternisent. Élisabeth ne pouvait me laisser un plus beau souvenir. Je promets à Gabriel de passer le visiter prochainement à la galerie. Même sous la pluie qui commence à tomber, je le raccompagne à sa voiture, où je brûle d'envie de le prendre dans mes bras. Je me contente à nouveau de lui serrer la main.

Une fois Gabriel parti, je reçois un texto de Renaud Labrie: « J'aimerais bien voir à quoi ressemble un homme qui revient à la vie. » Une heure plus tard, je suis rivé à ses côtés devant une bouteille de San Pellegrino.

— J'ai promis à Fanny que je serais sage.

— J'espère que tu n'en prends pas trop, tu risques de rouiller avec ça, lance-t-il pour me narguer.

— Le plus difficile, c'est de renoncer à tout ce qui est bon dans ce bistro, précisé-je alors qu'un plat de saucisses Toulouse me passe sous le nez.

— Pas de nouvelle de ce qui reste de l'équipe à la SQ ?

— Piché m'a envoyé paître comme une vulgaire crapule alors que je me suis torturé des mois pour imaginer à quoi pouvait ressembler ce foutu psychopathe.

— Une fin plutôt burlesque, reconnaît Labrie, qui se délecte d'un bourbon alors que je me contente d'en humer les effluves.

— Ce n'est pas le dénouement, crois-moi. Je n'ai pas dit mon dernier mot.

— Je ne te pensais pas encore dans le coup…

— Tant et aussi longtemps que personne n'a mis la main sur ce détraqué, je demeure aux aguets. Je t'interdis d'en parler — il y a eu suffisamment de morts comme ça —, mais j'ai formé une équipe pour analyser à nouveau toutes les informations recueillies jusqu'ici.

— *L'escadron suicide*, se moque-t-il.

— Non, je t'en prie, ça c'était un navet ! Là, je ne te parle pas de faire du cinéma, mais d'enquêter pour vrai.

— T'es sérieux ?

— Personne ne doit être au courant. Je ne voudrais surtout pas que ça vienne aux oreilles de Piché ni à celles du ministre de la Sécurité publique, ajouté-je en regardant autour pour m'assurer que personne n'écoute.

— T'as entraîné qui là-dedans ?

— McGuiness, l'ancien inspecteur de la SQ, est à mes côtés.

— Celui qui avait été congédié parce qu'il avait cassé la gueule de Piché ?

— J'avais aussi pensé à toi.

— Moi ? se surprend Labrie.

J'ai de la difficulté à mentionner que Lanctôt fera également partie de l'équipe. Et ce, même si McGuiness me confirme qu'il était pensionnaire chez lui le jour où Élisabeth s'est fait assassiner. Je ne donne pas l'absolution facilement. Il doit y avoir en moi la méfiance de Robert Redford dans *Three Days of the Condor*. Je surveille constamment mes arrières. D'ailleurs, il y a quelques jours, alors que je savais que McGuiness devait aller en ville, je suis allé rendre visite à Marilou. Je voulais en avoir le cœur net. Après avoir tourné autour du pot un moment, je lui ai demandé subtilement si le jour du meurtre d'Élisabeth, Patrick était bel et bien resté à la maison. Eh bien, sa réponse était plus nuancée que celle de McGuiness. Elle se rappelait finalement qu'ils avaient passé tous les deux la soirée chez sa sœur à Rougemont. Ce qui fait que Patrick Lanctôt aurait eu amplement le temps de donner rendez-vous à Élisabeth, de la frapper à répétition avec une pierre et ensuite d'abandonner son corps dans un fossé en bordure de l'autoroute pour revenir dormir paisiblement en Montérégie. Mais peut-être suis-je à nouveau en train de fabuler ? Ce jeune homme est bourré de qualités et, en même temps, il correspond au profil du psychopathe que décrivait Élisabeth. Un individu asocial et anxieux : c'est tout Lanctôt ! Il communiquait mal avec ses collègues et ne le niait même pas. Sans oublier que ses manies et ses marottes se rapprochent d'un trouble obsessionnel-compulsif, dont sont souvent atteints les psychopathes. Si tout cela n'en fait pas pour autant un criminel, un doute subsiste dans mon esprit. Comment ferai-je pour collaborer avec lui dans ces conditions ?

22

L'AUTOMNE S'INSTALLE tranquillement. J'ai vu les premières bernaches ce matin se dirigeant vers le sud. Leur vacarme m'a fait regarder au ciel. J'ai alors pensé à Florence et à Élisabeth. J'ai beau ne pas être croyant, je les imagine malgré tout quelque part, flottant au-dessus de nous en paix. Les disparus dont on parle et ceux à qui on pense continuent de vivre en nous, à tout le moins dans notre mémoire. Je ne les abandonnerai jamais. Je pense à elles sur ma route de campagne, que je quitte tranquillement pour aller au centre-ville de Montréal. À la radio, pas un seul mot sur Judas, qui semble prendre des vacances. Aucun nouveau meurtre depuis plus d'un mois : sa plus longue pose depuis le début de l'hécatombe. Et si la mort d'Élisabeth avait clôturé son carnage ?

Quand j'ai relu le nom de Malik Berger souligné en rouge dans ce qui semblait être les dernières notes d'Élisabeth, je me suis dit que j'étais peut-être mûr pour une visite en enfer. C'était sans doute à lui que Gabriel faisait référence quand il disait qu'un patient de Pinel avait insisté pour voir sa mère d'urgence.

J'ai hésité un bon moment avant de prendre rendez-vous avec ce type. J'avais suffisamment commis d'erreurs comme ça depuis le début de cette enquête, pouvais-je me permettre de considérer sérieusement les propos d'un fou furieux ? Mais il est des moments où la curiosité demande qu'on nourrisse son appétence. Avant que cette tuerie, qui m'a occupé l'esprit depuis le printemps dernier, ne sombre définitivement dans l'oubli, j'avais envie de rencontrer la bête dont Élisabeth m'avait parlé et vanté l'intellect. Sait-on jamais, l'éclairage de ce fêlé m'aidera peut-être à identifier son assassin. Je me suis renseigné sur lui auprès de Labrie avant de prendre rendez-vous. Le journaliste avait écrit une série d'articles sur ce criminel désaxé. Cet ancien neurochirurgien, déclaré délinquant sexuel dangereux, est incarcéré depuis déjà dix ans pour des agressions sexuelles d'une brutalité sans nom.

Le corridor vitré que je traverse laisse échapper une odeur de serpillière ammoniaquée. Aucun détraqué sexuel ne peut bander en respirant un effluve aussi répugnant. L'homme d'une quarantaine d'années m'attend dans une salle contiguë à une autre, où un gardien veille en tout en temps sur les visiteurs. Il est habillé simplement. Pas de combinaison orange comme dans les films. Ses mains sont enchaînées à une table pour éviter qu'il s'emporte et me défigure si je m'avisais de dépasser les bornes comme il m'arrive parfois de le faire quand je sens que la bêtise de l'autre m'y pousse. Je m'assois finalement face à lui.

— Vous êtes bien le premier scénariste à vous intéresser à moi, Hubert.

— Vous êtes bien le premier fou que je rencontre qui le soit encore plus que moi.

Malik émet aussitôt un rire sardonique qui retentit contre les murs de béton. Peut-être allons-nous finalement nous amuser. Mais comment un type aussi intelligent a-t-il pu un jour s'enfoncer à ce point ?

— J'adore votre sens de l'humour, dit-il en souriant.

— Imaginez un peu comment je peux avoir de la répartie quand je file le parfait bonheur.

— J'ai appris pour Éli. Je m'ennuie d'elle, dit-il, l'air désolé.

— C'était une très bonne amie à moi. On l'a assassinée, comme vous l'avez appris.

— Éli... Éli... Éli... Je n'oublierai jamais le parfum de sa chatte, lance-t-il en fermant les yeux et en inspirant. J'aurais tellement voulu un jour lui lécher les lèvres et me vautrer dans sa chair nue.

— Elle vous manque? lui demandé-je, essayant de le faire parler en l'abordant sur un plan plus intime.

— J'aurais préféré la tuer moi-même. Au moins, ç'aurait été fait avec un minimum d'érotisme.

Je ne réagis pas au délire de Malik. Je fuis devant ce genre d'ignominie. J'ai trouvé *Crash* de David Cronenberg insupportable. Alors il n'est pas question pour moi de jouer dans ce type de film. Pas plus que de le laisser insulter la mémoire d'une femme que j'ai aimée. Mais comment répondre à ce commentaire immonde sans m'emporter? Je lutte pour rester calme et décide finalement d'entrer dans son jeu pour le rallier à ma cause.

— C'était une femme superbe, lui confié-je pour l'exciter davantage.

— Vous la baisiez? s'enquiert-il.

— C'est si important?

— Vous deviez être son genre d'homme.

— Vous pensez? demandé-je, curieux.

— Elle m'a raconté être un jour tombée amoureuse d'un artiste qui l'avait laissée en plan. Elle avait mis une vie à s'en remettre.

— Ça devait être un pauvre idiot. Abandonner une femme pareille, dis-je en sachant très bien qu'il s'agit de moi.

— Parlez-moi d'elle, fait-il en fermant les yeux. Je ne me peux plus depuis qu'elle a rendu l'âme sans même se faire baiser. A-t-on idée de gaspiller pareil ravissement ?

— Donc, si vous lisez les journaux, vous êtes au courant que Judas assassine ses victimes sans les agresser sexuellement…

— Ah… ce crétin de Judas !

— Vous en aviez parlé avec Élisabeth ?

— Si j'en ai parlé ? C'est moi qui l'ai appelée pour lui en toucher un mot.

— Et je peux savoir ce que vous vouliez lui dire ?

— La conduire à Judas. Et il semble que je ne me suis pas trompé.

— Que lui avez-vous dit au juste ? insisté-je, curieux.

— J'avais lu le portrait-robot psychologique qu'elle en avait fait.

— Et puis ?

— Elle avait commis une erreur de débutante.

— Et en quoi s'était-elle trompée ?

— Avant, si vous le voulez bien, Hubert, parlez-moi d'Éli, me demande-t-il en bougeant la tête comme Stevie Wonder quand il chante *Part-Time Lover*.

— Votre conclusion m'intéresse infiniment, Malik.

— S'il vous plaît, Hubert… Parlez-moi d'elle, vous qui l'avez baisée.

J'en déduis que c'est du donnant-donnant. L'ancien neurochirurgien est prêt à répondre à mes questions à la condition que je lui parle de mon intimité avec Élisabeth. Il souhaite que j'alimente ses fantasmes en échange de ses réflexions. Suis-je pris au piège ? Comment pourrais-je marchander le corps d'Élisabeth de la sorte ? Ce qu'il y a eu entre nous est trop estimable pour que j'en ternisse le souvenir. Je le rappelle à l'ordre en cachant toutefois mon indignation :

— Nous sommes ici pour parler de Judas, pas d'Élisabeth. Que lui avez-vous dit précisément pour qu'elle découvre de qui il s'agit ?

— J'ai besoin d'en savoir davantage sur Éli. Je ne la verrai plus jamais, s'entête-t-il à répéter. Il me faut au moins un souvenir, quelque chose que j'ignore d'elle et qui se cacherait quelque part… sous sa jupe !

— Que voulez-vous savoir au juste ?

— Décrivez-moi son petit cul tout rebondi. J'en rêve chaque nuit depuis sa mort.

Jamais je n'aurais cru vivre un jour une épreuve pareille. Seul à seul dans une salle de l'Institut Pinel avec un délinquant sexuel déclaré dangereux, à négocier les termes d'un échange de confidences intimes. Ça ressemble à une scène de film. On se croirait dans *One Flew Over the Cuckoo's Nest.* J'imagine ce fou avec un gourdin, comme celui qu'il a utilisé pour massacrer les femmes. Je devrais résister à sa requête, me lever et sortir d'ici en mettant fin à cette rencontre sur-le-champ. Mais si ce désaxé détenait une part de la vérité ? Je continue d'hésiter. Malik attend sagement que je lui réponde et finit par ouvrir les yeux :

— Je vous en prie, Hubert. Juste un petit détail anodin que je ne sais pas d'elle, m'implore-t-il. Si vous saviez le plaisir infini que ça me procurerait…

J'hésite encore un moment. Et puis, qu'est-ce qu'un simple détail inoffensif en regard d'une information qui pourrait m'aider à capturer l'assassin d'Élisabeth ?

— Elle avait une petite tache de naissance sur la fesse droite qui épousait la forme de l'Amérique du Sud, lui dis-je à contrecœur. Je suis donc passé à quelques reprises par Buenos Aires, ajouté-je pour le faire jouir suffisamment.

— Ahhh… Comme votre séjour a dû être splendide, dit-il en rêvassant tout haut.

— Et maintenant, c'est à votre tour. Élisabeth m'a dit que vous étiez un homme d'honneur plus intelligent que la moyenne, alors prouvez-le-moi ! Vous lui avez répondu quoi au juste à propos de Judas ?

— Parlez-moi un peu de ses seins…

Je frappe violemment sur la table avec mon poing en le regardant droit dans les yeux. Le gardien se lève et jette un coup d'œil en ma direction. Je lui souris et lui envoie la main pour amenuiser mon impatience.

— Cessez votre petit jeu, Malik. Le fils d'Élisabeth attend que je retrouve son assassin. Alors calmez votre satanée queue quelques minutes !

Malik se cale contre le dossier de sa chaise et sourit :

— Vous êtes un homme de conviction, monsieur Quentin. Ça se voit. Ça mérite le respect.

— Alors, qu'est-ce que vous lui avez dit que je ne saurais pas ?

— Judas est une femme, laisse-t-il finalement tomber.

— Vous êtes certain de ce que vous avancez ? dis-je en repoussant ma chaise, comme si je tenais à prendre du recul face à cette révélation pour le moins surprenante.

— Je ne suis pas devin, seulement… perspicace. Judas est une femme en colère.

— Et pour quelle raison ?

— Peut-être en veut-elle à sa mère de l'avoir abandonnée alors qu'elle était jeune enfant...

— Vous êtes bien certain de ce que vous avancez, Malik ? Tout nous pousse à croire qu'il s'agit d'un homme. Une femme transporterait des victimes sur des centaines de mètres ?

— C'est peut-être une athlète. Pourquoi pas ?

— Je croyais qu'il n'y avait pas vraiment de femmes psychopathes, dis-je, surpris.

— Il en existe. Mais elles sont différentes à certains égards... Rarement violentes. C'est d'ailleurs le fait qu'il n'y ait aucune trace de brutalité ni d'agression sexuelle qui me permet d'affirmer qu'il s'agit d'une femme, affirme-t-il avec assurance. Un homme n'aurait pas cette délicatesse, monsieur Quentin.

— Et en ce qui concerne Élisabeth, qui a subi de multiples coups à la tête ?

— C'était un accident de parcours. Il n'y a eu aucun rituel. Éli ne s'est pas suffisamment méfiée de Judas. Elle avait sans doute choisi de confronter cette manipulatrice sans penser qu'elle répliquerait aussi brusquement…

— Mais qui ? demandé-je en me rassoyant, complètement dépassé par cette allégation.

— Je ne sais pas. Une salope un peu tordue. Ou une jalouse mesquine… À vous de trouver !

—Vous n'avez rien d'autre pour moi ?

— Éli m'a montré des photos de victimes…

— Et ?

Le détenu se penche au-dessus de la table pour ajouter une note personnelle à son raisonnement :

— J'ai travaillé en chirurgie suffisamment d'années. Je sais ce que c'est que de pénétrer un corps… Judas a fait sa médecine et elle a de l'expérience. Cette pute n'a pas besoin d'un échographe pour faire d'une pierre deux coups. Elle a poignardé à chaque fois la mère et son fœtus en plein dans les organes vitaux.

— Elle a du métier, c'est ça ?

— Je sais reconnaître le ris de veau d'un chef étoilé. Judas n'est pas né de la dernière pluie.

— Une obstétricienne-gynécologue d'expérience, c'est ça ?

— J'aurais dû choisir cette spécialité. Imaginez un peu combien je me serais régalé, fait-il en caressant à nouveau ses lèvres avec sa langue.

Je crois en avoir assez vu et entendu pour aujourd'hui. Alors que je ne m'offusque habituellement de rien, j'ai peine à supporter cette torture. Je fais signe au garde qui nous surveille au loin.

— Dites-moi, Hubert ?

— Quoi ? lui répliqué-je sèchement en attendant qu'on m'ouvre.

— Une fois en Argentine, vous êtes-vous bien enfoncé au fond de la Terre de Feu ? me demande-t-il en éclatant de rire, une jubilation délirante qui lui dessine des élastiques d'écume entre les lèvres.

Je reviens alors un moment sur mes pas pour l'observer à la manière d'Anthony Hopkins dans *Fracture*, qui incarne Ted Crawford, le mari trompé. Mon regard est aussi imperturbable.

— À propos, je crois vous avoir peut-être induit en erreur tantôt avec cette carte de l'Amérique du Sud, lui dis-je sur un ton naïf.

— Et comment cela ? se surprend Malik, suspendu à mes lèvres.

— Élisabeth avait la peau immaculée, révélé-je en esquissant un sourire ironique. Je vous ai plutôt décrit la tache de naissance qu'arborait à la tête l'ancien chef d'État soviétique Mikhaïl Gorbatchev.

— Sale crétin ! Ma petite chatte adorée ne te méritait pas ! Pauvre idiot ! crie-t-il à tue-tête alors que je disparais dans un corridor dont Élisabeth a dû maintes fois fouler le sol puant, mais bien astiqué.

23

Je retrouve Renaud Labrie dans ce bistro devenu désormais notre salle de réunion. Il sait que j'ai rencontré Malik Berger, hier. Il me salue, un verre à la main, comme s'il me portait un toast. Je m'installe à ses côtés.

— Ils ne t'ont pas gardé à Pinel ?

— J'imagine que c'est bon signe, dis-je en pointant le verre de Labrie au barman.

Comment pourrais-je me satisfaire d'un San Pellegrino au moment même où je viens d'apprendre que ces derniers mois ne m'auront servi qu'à me leurrer ? Devrais-je me méfier de la révélation de cet halluciné de Malik ? Et s'il disait vrai ? Je n'ai jamais envisagé cette piste. Pourquoi ? Pour une pointure de chaussures ? Parce que j'ai cru qu'une femme ne pouvait pas être aussi hargneuse qu'un homme ?

— Alors, comment va ce cher Malik ?

— Ce type est un pervers de la pire espèce et, en même temps, quand les fils ne se touchent pas, c'est un génie comme on en voit rarement.

— Toi, tu sais quelque chose, soupçonne Labrie qui me jette un regard curieux.

— D'après lui, nous serions complètement à côté de la traque.

— En quoi ?

— Il est formel : Judas est une femme !

— Crisse ! échappe le journaliste.

— Nous cherchions un homme alors que c'est une obstétricienne-gynécologue…

— Élisabeth le savait, c'est ça ?

— Elle a rencontré Malik le jour de sa mort. Il venait de lui apprendre…

— Elle a dû jouer à un jeu dangereux, croit Labrie.

— Mais comment voulais-tu qu'elle connaisse précisément Judas ? insisté-je en modérant mon envolée.

Tandis que nous sommes au cœur d'un échange intense, je reçois un appel que je ne prends pas. Je réponds rarement aux interlocuteurs dont je ne reconnais pas le numéro sur l'afficheur. J'évite ainsi les sondeurs, les vendeurs et, surtout, les fraudeurs ! Et puis, je me souviens par la suite que ce numéro ressemble à celui que Gabriel m'a donné. Merde, c'est la première fois que mon fils me passe un coup de fil et je réussis à bouder son appel. Père absent… l'histoire se répète. Quel crétin ! Je prends aussitôt son message. Le ton du jeune homme se fait timide : *Salut Hubert ! J'ai peut-être trouvé quelque chose qui pourrait t'aider. À toi d'en juger… Je serai à mon atelier toute la journée. Mais il se pourrait que je n'entende pas le téléphone sonner.*

J'éteins mon portable, intrigué. Et si Gabriel détenait lui aussi une pièce du casse-tête ? Serait-ce le jour des révélations ? Si je ne crois pas en Dieu, il en va autrement de la synchronicité. Sans être pour autant ésotérique, j'ai la conviction que la vie m'envoie des signes. Et parfois, je les écoute. Curieux, Labrie me jette un coup d'œil par-dessus ses lunettes. Je bois mon verre d'un trait et quitte le bar en vitesse :

— Je paierai la prochaine tournée.

— Où tu vas ?
— Chez mon fils.
— Ton fils ?
À part Gabriel, il n'y a que Fanny qui soit maintenant au courant que je suis l'heureux père d'un grand garçon de vingt-deux ans. Et peut-être aussi Alban, puisque Fanny et lui sont redevenus des complices. Je file en direction de Griffintown où je reconnais l'atelier-galerie de Gabriel, que je n'avais vu que la nuit. Je sonne, mais comme la dernière fois, personne ne répond du premier coup. La porte n'est pas verrouillée. J'entre dans la place. Une musique que je ne connais pas joue à tue-tête. Je me sens envahi par un univers qui m'est étranger autant que mon fils. Je prends le temps d'admirer les toiles qui ornent les murs de l'endroit entre les rayons de soleil qui pénètrent dans le studio. Des corps et des animaux s'entremêlent avec harmonie. Sur un chevalet au bout de l'atelier, je reconnais Élisabeth qui se fond à une sorte de salamandre postée sur un rocher. Le volume de la musique s'atténue.
— C'est ma dernière toile. Elle n'est pas à vendre.
Je me retourne et aperçois Gabriel, les vêtements peinturlurés. Il se gratte la casquette et retient un sourire.
— C'est magnifique ! De cette façon, elle vivra toujours, commenté-je.
— Je te l'offre. C'est pour toi.
— Je ne disais surtout pas ça pour l'avoir en cadeau.
— Mais qu'est-ce que tu voudrais que j'en fasse ? Un peintre ne peut quand même pas exposer un tableau de sa mère. Surtout une psychanalyste… J'aurais l'air de ne pas avoir réglé mon complexe d'Œdipe, ajoute-t-il sur un ton léger.
— Elle a fait un garçon formidable ! osé-je avancer, avec sincérité.
— Paraît qu'il y aurait un peu de toi là-dedans…

Je reste silencieux. Tout a été dit. Mon fils vient de me reconnaître à mots couverts. Je suis son père. Je hoche la tête nerveusement pour confirmer.

— Si j'avais connu ton existence, peut-être que les choses se seraient déroulées autrement, Gabriel.

— On ne peut pas refaire le passé. Mais je t'assure que j'ai eu une enfance où je n'ai manqué de rien.

Je me sens désarmé. Ce n'est pas une posture qui m'est familière. Je ne suis pas un homme qui s'apitoie et qui pleurniche. Je suis plutôt du genre à m'indigner et à combattre. Gabriel pige dans un tiroir une enveloppe qu'il me tend et que j'ouvre. Ce sont les rapports d'autopsie des victimes. Il y a des notes surlignées.

— Crois-le ou non, j'ai trouvé ce document dans le frigo de maman.

— Elle avait probablement découvert quelque chose de compromettant, pensé-je avec stupéfaction. Elle se savait sûrement en danger…

— C'est en le parcourant que je me suis rappelé le titre de la personne qu'elle ne pouvait blairer.

— Là, tu m'intrigues, Gabriel.

— C'était « médecin légiste ». Elle avait trouvé des incohérences dans ses rapports.

— T'en es bien sûr ? insisté-je aussitôt en retenant à peine mon étonnement.

— Je crois comprendre qu'il y a eu une contre-expertise demandée à un confrère. Tout est là-dedans, y compris une note de l'autre médecin, ajoute-t-il pendant que j'y jette un coup d'œil.

Je tombe des nues, aussi secoué par la découverte que par ce que je crois y déchiffrer. Je n'en attendais pas tant de Gabriel. Je m'approche de lui et le prends par les épaules :

— Ça fait des mois que je cherche le filon que tu viens de trouver, lui avoué-je.

— Donc ça risque de t'aider à identifier Judas ?

— Je ne peux présumer de rien, mais je te promets que si nous tenons Judas, il ne fera pas long feu, laissé-je tomber sur un ton aussi abasourdi que menaçant.

Je quitte presque aussitôt le centre-ville pour foncer vers la banlieue sud de Montréal, en direction de la résidence de Lanctôt, que je n'ai encore jamais visité. Croyant toutefois reconnaître la Jeep noire de la légiste stationnée dans l'entrée, je ralentis et remarque un autocollant « Drogue-Secours » au pare-chocs du véhicule. Le rapport d'autopsie me revient alors à l'esprit. J'ai soudainement une bouffée de chaleur intense. J'espère ne pas refaire un AVC au moment même où je suis si près du but. Mon cœur dépasse les cent battements par minute. Je n'ai pas le choix, mes artères devront tenir le coup. Malgré le fait que la présence de la Jeep de Josiane chez Lanctôt me tourmente, je ne m'arrête pas avant le coin de la rue. Je stationne mon pick-up en retrait, près d'un parc, pour observer la maison sans qu'on puisse me remarquer, et attends qu'il y ait du mouvement. Les deux collègues pourraient-ils être complices ? Tous les scénarios sont encore possibles. Je reprends tranquillement mes esprits et appelle Labrie, à qui je fais part de mes soupçons. Une heure plus tard, je sors mon cellulaire et photographie Josiane qui fait une brève accolade à Lanctôt sur le balcon. Je quitte le quartier dès qu'elle monte dans sa voiture et qu'il rentre chez lui. Je file ensuite en Montérégie, en direction du verger de McGuiness, que je retrouve rivé au volant de son tracteur. Il ne me voit pas tout de suite. Il me faut m'épuiser à répéter de grands signes pour finalement attirer son attention.

— Au diable la tempérance ! J'ai besoin de boire quelque chose, McGuiness. Quand je t'aurai raconté ce que je viens de découvrir, tu en auras bien besoin toi aussi…

— C'est si grave que ça ? s'inquiète-t-il.

Son brandy de pommes de trois ans d'âge à 40 % me calme un moment. Mais il me faudra plus que cette eau-de-vie pour m'empêcher de commettre l'irréparable. Après avoir déposé mon téléphone allumé sur la table, je pointe l'écran où s'affiche la photo un peu floue de Josiane qui étreint affectueusement Patrick Lanctôt.

— Mais ça ne prouve absolument rien, Hubert ! Ce sont des collègues de travail qui compatissent après un drame.

— Malik Berger était formel : Judas est une femme.

— Tu ne vas quand même pas présumer des faits à partir du jugement d'un psychotique !

— Non mais ça va te prendre quoi pour ouvrir les yeux ?

— Va falloir te calmer, Hubert ! Ça n'en fait pas des complices pour autant. Tu crées des amalgames, m'accuse McGuiness. Tu changes constamment ta version. Ce n'est pas un scénario que tu es en train d'écrire, bon Dieu !

Je ne sais pas si c'est à cause de mon AVC, mais on dirait que la folie s'empare de moi un peu plus chaque jour. Je me fabrique des scénarios à l'emporte-pièce, et les rebondissements foisonnent sans que j'aie le temps de les structurer dans ma tête. Mais cette fois, je sens que je tiens quelque chose de solide. J'en suis sûr.

— Élisabeth voulait me parler de quelque chose au souper où elle ne s'est pas présentée. Elle était sur une piste. La situation était trop embarrassante pour Josiane, qui a dû faire vite pour l'éliminer !

— Et pourquoi Josiane l'aurait-elle tuée ?

— J'ai découvert qu'Élisabeth avait demandé une contre-expertise, ajouté-je en lui montrant le dossier que m'a donné Gabriel.

— Comment t'as mis la main là-dessus ? s'informe McGuiness en feuilletant le document, l'air suspicieux.

— C'est une longue histoire. Je te raconterai une autre fois...

Je ne crois pas que ce soit le bon moment pour relater à McGuiness un nouvel épisode de ma vie. S'il fallait en plus qu'il sache que je viens de découvrir que j'ai un fils, je perdrais le peu de crédibilité qu'il semble me rester. Ce que j'ai à lui apprendre suffira pour aujourd'hui :

— À la demande d'Élisabeth, cette contre-expertise a été faite en catimini par le docteur Morneau, un coroner d'expérience.

— Je le connais, me dit-il.

— Morneau conclut qu'il y a eu des omissions importantes dans le rapport d'autopsie de Josiane… et que les informations manquantes auraient pu nous aider à faire aboutir l'enquête.

— Qu'est-ce qu'il a trouvé ?

— Il y avait des similitudes entre les cerveaux des victimes. Et ça n'avait été noté nulle part. Chacune d'elles avait des neurones détruits. Leur matière grise avait aussi perdu du volume.

— C'est du chinois pour moi…

— Le vieux médecin est formel : c'étaient des cerveaux de toxicomanes !

— Mais encore ?

— Josiane tuait des femmes enceintes, mais qui avaient également été toxicomanes.

— Pourquoi ? demande-t-il, surpris.

— C'est ce qu'il nous reste à découvrir, ajouté-je en lapant mon brandy sans le quitter des yeux.

Soudain, McGuiness ne se fait plus tirer l'oreille. Cette révélation à propos de Josiane commence visiblement à le troubler. Son regard est nerveux, il remplit à nouveau nos verres.

— Peut-être devrions-nous, tous les deux, rendre visite à Patrick Lanctôt ? Je lui ai déjà dit que je lui apporterais un panier de pommes de notre récolte de Rosinette, une nouvelle variété craquante et sucrée que je lui avais vantée.

— C'est une idée, pensé-je.

— Mais je propose qu'on patiente jusqu'à demain.

— Pourquoi ?

— Le temps de dessoûler un peu, Hubert. On verra alors si tu as dit des sottises et si tes présomptions tiennent toujours la route.

McGuiness n'a pas complètement tort. Il m'arrive de jeter à la poubelle ce que j'ai écrit les soirs de buverie. Souvent, plus rien n'a de sens le lendemain. J'ai parfois confondu certains personnages et écrit des scènes décousues. C'est peut-être ça, finalement, le désordre mental : ne plus savoir si l'on est dans la réalité ou dans la fiction.

Appelée en renfort, Fanny vient me chercher au verger et me met ensuite au lit comme un enfant sans critiquer ce nouvel écart. Elle sait que les dernières semaines ont été éprouvantes pour moi et que je suis à un doigt de sombrer dans le délire. J'ignore si elle me veille par amour ou par pitié, mais lorsque j'ouvre les yeux au petit matin, j'entoure son corps nu de mes bras en pensant que ce serait un cadeau de mourir dans ces conditions. Mais il me reste encore trop à faire avant de quitter ce bas monde. Surtout que je n'ai jamais été aussi proche de découvrir l'identité de Judas.

24

BIEN QUE j'aie eu le temps de dégriser, mes soupçons demeurent les mêmes. Des souvenirs refont peu à peu surface, comme Josiane installée au bureau d'Élisabeth le jour où on a trouvé son corps. Il y avait quelque chose de suspect dans son regard et dans sa façon d'être empressée. Quand on attend quelqu'un — à plus forte raison s'il s'agit d'un supérieur —, on ne s'assoit pas à sa place, mais à celle du visiteur. Et puis, je me rappelle aussi l'avoir vue refermer un tiroir. Peut-être cherchait-elle la clé pour ouvrir la mallette où elle croyait trouver le rapport de contre-expertise dont elle avait eu vent.

Comme convenu, McGuiness et moi passons rendre visite au jeune veuf, que nous retrouvons à genou en train de sarcler ses platebandes. Un tueur en série travaillerait-il sur son terrain un avant-midi ensoleillé d'automne ? Pourquoi pas ? Un psychopathe peut très bien être un banlieusard irréprochable qui tond son gazon quand il ne découpe pas des corps. Lanctôt aurait-il une double vie ? Sa bonté ne semble pourtant dissimuler aucun mépris. Et puis, il est trop maladroit. Un psychopathe pense toujours à tout et se méfie de tout le monde, ce qui ne semble pas son cas. En entrant par sa porte de garage demeurée grande ouverte, nous aurions eu amplement de temps pour fouiller sa maison avant qu'il s'aperçoive de notre présence. Le profil de Lanctôt colle-t-il à celui d'un tueur en série ? Le jeune sergent peut-il vraiment être complice de cette avalanche de meurtres ? Milan Nikolic était, pour sa part, convaincu que je faisais fausse route. Lanctôt se retrouve-t-il par un malheureux hasard mêlé à cette tuerie parce qu'il est simplement un collègue de Josiane ? Pourquoi aurait-il tué la femme qu'il aimait et qu'il tenait tant à protéger ? Et puis, il m'a déjà vanté les talents d'Élisabeth. Aurait-il menti sur toute la ligne ? Alors que tout semble plutôt converger vers Josiane, il nous faut faire preuve de psychologie pour ne pas l'effrayer.

Nous sommes assis sur sa terrasse à boire une bière sans trop savoir comment aborder le sujet, quand McGuiness toussote pour finalement engager la conversation :

— Patrick… Est-ce qu'il y a déjà eu quelque chose entre Josiane et toi ?

— De la camaraderie, sans plus, dit-il en ricanant, comme si l'allusion était complètement ridicule.

— Elle aurait dit à Hubert que tu songeais à quitter la SQ, c'est vrai ?

— Elle est venue jusqu'ici hier pour me faire la leçon. Ce n'est pas elle qui vous envoie, toujours ?

Que Lanctôt reconnaisse avoir reçu la visite de Josiane la veille est sans doute une autre preuve qu'il ne ment pas. Et en même temps, je reste méfiant, ayant été marqué depuis le début de notre collaboration par trop de surprises et de rebondissements. Sans compter qu'un détail me titille encore :

— Pourquoi ne pas nous avoir informés, Patrick, que vous aviez déjà été inscrit en médecine ? lancé-je à mon tour.

— Vous venez de le dire, Hubert : j'étais seulement inscrit. J'ai changé d'orientation dès le début de la première session.

— Et pourquoi ? insisté-je, curieux.

— Ma peur du sang ne date pas d'hier, vous le savez. Je pensais pouvoir la surmonter, finit-il par avouer. Mais j'ai craqué au premier cours de biologie devant l'abdomen ouvert d'un cadavre.

— Et pourtant, j'ai appris qu'un peu plus tard tu aurais assisté à des autopsies que Josiane pratiquait, insiste McGuiness en me regardant comme s'il tenait à me prendre à témoin.

— Elle voulait m'aider à surmonter ma phobie. J'étudiais dans un bureau en retrait...

— Qu'est-ce que vous savez d'elle au juste, Patrick ? dis-je à brûle-pourpoint.

— Non mais j'hallucine ou c'est un interrogatoire en règle ? se demande Lanctôt, un brin choqué, en reculant sa chaise brusquement.

— Ses rapports d'autopsie des derniers meurtres auraient été négligés. Elle aurait omis de noter des détails importants. Délibérément, ajouté-je.

— Mais pourquoi aurait-elle fait ça ?

— Pour nuire à l'enquête.

— Et dans quel but ?

— Il y a tout lieu de croire que Josiane serait Judas, précisé-je.

Lanctôt se lève en sursaut. Comme s'il cherchait à gagner du temps pour considérer nos allégations, il nous fixe tour à tour du regard.

— Vous êtes sérieux ? fait-il, l'air déconcerté.

— Renaud Labrie est en train de fouiller son passé. Il serait même sur une piste.

— Nous croyons qu'Élisabeth avait eu des soupçons et que Josiane en aurait eu vent, ajoute McGuiness.

On ne trépigne pas comme le fait Lanctôt sans éprouver une réelle surprise. Mon jeune ami respire à un rythme anormalement précipité. Il ne conteste aucunement la capacité de Josiane d'avoir commis le pire et se met à réfléchir tout haut :

— Quelques jours avant sa mort, Amélie est venue me reconduire avec sa voiture au bureau. La mienne était au garage. En apercevant Josiane qui entrait dans la place, elle a prétendu la reconnaître. Elle disait avoir été dans la même classe à l'école secondaire Cité-des-Jeunes.

— Et puis ? demande McGuiness, impatient.

— J'en ai parlé à Josiane dès que je l'ai croisée à la cafétéria et elle a nié catégoriquement être déjà allée à cette école.

— Josiane a senti la soupe chaude, suggère McGuiness avant d'ajouter qu'elle a dû en finir avec Amélie pour cette raison.

Amélie aurait donc été tuée parce qu'elle a reconnu Josiane. Sans doute savait-elle quelque chose sur la médecin légiste qui l'aurait incriminée. Mais quoi ? S'il en est un qui puisse vérifier ce genre d'information, c'est bien Renaud Labrie. Je lui laisse aussitôt un message sur sa boîte vocale, après quoi McGuiness et moi poursuivons notre échange avec Lanctôt.

— Parlez-nous un peu plus d'elle, Patrick. Que savez-vous sur son passé ? demandé-je en m'allumant un cigarillo, en retrait pour ne pas le contrarier avec la fumée.

— Je réalise que je ne sais pratiquement rien d'elle. À part le fait qu'elle a été trimbalée durant son enfance d'une maison d'accueil à une autre.

— Elle m'a dit que vous fréquentiez le même gym au centre-ville, lancé-je.

— Je la vois deux ou trois fois par semaine. Les jours impairs.

— Combien de kilos lève-t-elle ?

Je sens Lanctôt de plus en plus tourmenté. Il ne cesse d'arpenter la terrasse.

— Je ne sais pas combien exactement, mais je ne serais pas surpris qu'elle puisse transporter des corps de femme à bout de bras, dit-il avant d'ajouter nerveusement qu'elle fait la barbe à certains hommes d'un bien plus gros gabarit.

McGuiness et moi échangeons un regard. Nos soupçons se confirment. J'enfourche ma chaise et m'appuie sur le dossier en le fixant droit dans les yeux :

— Quel est son lien avec « Drogue-Secours » ?

— Josiane agit comme personne-ressource pour l'organisme. Elle leur apporte ses connaissances médicales. Je n'en sais pas plus.

— Elle devait repérer ses victimes à partir des informations confidentielles auxquelles elle avait accès. C'était sans doute sa banque de données, ajouté-je tout haut.

— Es-tu déjà allé chez elle ? lui demande McGuiness.

— Non. C'est une fille discrète sur sa vie personnelle. Mais je crois savoir qu'elle habite L'Île-Perrot.

— À environ douze minutes en voiture des scènes de crime où on a retrouvé les femmes enceintes assassinées, précise McGuiness d'une voix tranchante.

— Ça serait donc cette ostie de folle qui aurait tué Amélie ! se met à hurler Lanctôt.

Il nous faut calmer le jeune enquêteur, qui commence à s'emporter et menace maintenant de venger sa femme. Il est capable du pire. Élisabeth disait de lui qu'il était une bombe à retardement. Pour éviter qu'il ne fasse une gaffe, nous le ramenons presque de force en Montérégie où cette fois, c'est moi qui l'hébergerai le temps que l'enquête prenne fin.

Labrie m'appelle et demande à nous y rejoindre. À son ton au téléphone, je sens qu'il me sera nécessaire de sortir la bouteille de bourbon qui dort depuis des années dans une crédence de mon bureau. Une fois le journaliste arrivé, McGuiness et Lanctôt attendent tout comme moi qu'il nous mette au parfum.

— Tu avais raison, Hubert, tout concorde ! J'ai fouillé son passé... Josiane Lafond est bel et bien Judas.

— Elle a fréquenté la Cité-des-Jeunes ? s'empresse de demander Lanctôt.

— Elle a été renvoyée de l'école après s'en être prise violemment à un professeur alors qu'elle était armée d'un stylo, répond le journaliste. J'ai retrouvé l'ancien enseignant, et même après vingt ans, il n'en démord toujours pas : selon lui, cette fille était un être démoniaque.

— Amélie avait donc raison, il s'agissait bel et bien de Josiane, fait Lanctôt.

— Ce n'est rien. Attendez la suite… J'ai interviewé celui qui était directeur de la faculté de médecine à l'époque.

Labrie nous fait part de ses découvertes au compte-gouttes. Nous buvons ses paroles tandis que le journaliste s'abreuve d'alcool. Je n'ai jamais vu Labrie aussi fébrile. Il donne l'impression d'être sélectionné pour le Pulitzer. Il boit son verre de bourbon d'un trait et poursuit :

— Alors qu'elle était interne, elle aurait dardé accidentellement une femme enceinte durant un accouchement et blessé gravement l'enfant qu'elle portait… avec un couteau chirurgical de résection. Ça vous fait penser à quelque chose ? lance-t-il ironiquement.

— Oh ! m'exclamé-je, comme si j'assistais aux apparitions mariales de Fatima.

— Il y a eu un règlement avec l'université, je suppose ? s'enquiert McGuiness.

— Josiane n'a pas eu besoin d'attendre une quelconque sanction. Elle se serait redirigée elle-même vers la pathologie.

— Elle a toujours prétendu qu'elle préférait travailler avec les défunts, car ils ne lui causeraient jamais de problèmes. Et dire que je croyais qu'il s'agissait d'une blague, fait Lanctôt.

— Autre chose ? demandé-je en remplissant à nouveau le verre du journaliste.

— Elle aurait un frère un peu plus vieux qu'elle, nous annonce-t-il.

— Curieux, elle ne m'en a jamais parlé, commente Lanctôt.

— Certains ont des enfants et ne le savent même pas, osé-je ajouter avec ironie.

— J'ai cherché à le rencontrer. Il ne voulait pas me parler, enchaîne Labrie. Comme s'il la craignait. Mais j'ai insisté. Il était arrivé quelque chose, j'en étais sûr. Il s'est contenté de me conseiller de mettre la main sur *Le Journal de Montréal* du 22 septembre 1988. L'article est paru peu avant que j'entre en poste.

— Tu as trouvé quelque chose ? insiste McGuiness.

— *Le Journal* titrait « Une femme est maintenue en vie artificiellement, le temps de donner naissance à un bébé de 24 semaines ». Six mois... Exactement comme les fœtus des victimes !

— Et ça raconte quoi, au juste ? demande Lanctôt.

— Je résume..., commence Labrie. La mère, une toxicomane, a été victime d'une surdose. La petite miraculée, une extrême prématurée, a survécu au drame. On n'a jamais plus entendu parler de l'affaire, raconte-t-il. Mais j'ai suivi la trace de l'enfant. De famille d'accueil en famille d'accueil... Une petite fille très intelligente, mais turbulente, avec des troubles récurrents de comportement. On l'a d'abord bourrée de Ritalin et, plus tard, d'une médication à base d'amphétamines.

— Ce qui confirme que Judas a bel et bien vécu une enfance problématique. Ça correspond au profil classique du psychopathe, ajouté-je.

— Cette demeurée tue des femmes enceintes parce qu'elle ne veut pas que l'histoire se répète et que d'autres filles vivent l'enfer qu'elle-même a vécu, enchaîne Lanctôt. Elle sait que sa mère a mis au monde un monstre.

— Elle assassine sa mère chaque fois qu'elle poignarde une toxicomane enceinte, fait Labrie. Même si la victime est maintenant sobre.

— Et elle se tue aussi chaque fois qu'elle assassine un enfant, poursuit McGuiness.

Je secoue la tête mécaniquement, comme si je réalisais une évidence :

— Et dire que nous nous demandions comment le tueur faisait pour approcher ses victimes ! C'était pourtant élémentaire... En tant que femme, Josiane ne représentait pas une menace aux yeux des futures mères. Plutôt le contraire, même. Elle devait leur offrir de les reconduire chez elles en toute sécurité à bord de sa Jeep, dans laquelle elle les endormait rapidement à l'aide d'une injection d'anesthésique.

McGuiness se lève et tourne tranquillement sur lui-même afin de capter l'attention de chacun de nous :

— Nous tenons peut-être Judas, mais ce ne sont que des preuves circonstancielles et des hypothèses. Rien ne prouve encore concrètement que Josiane a commis ces crimes, dit-il pour éviter que nous nous réjouissions trop vite. On n'arrivera jamais à un verdict de culpabilité avec ça...

— Il faut fouiller sa maison, son garage, son bac à compost ! Il y a sûrement des traces de sang ou d'ADN des victimes quelque part, suggère Lanctôt.

— On ne peut pas entrer chez elle par effraction, et tu le sais. Ces preuves seraient irrecevables durant le procès, plaide à nouveau McGuiness.

— Mais on s'en fout ! On cherche seulement la vérité pour faire cesser ces maudits meurtres, s'impatiente Labrie.

— Et si j'occupais Josiane pendant ce temps ? propose calmement Lanctôt. Je pourrais profiter du fait qu'elle s'inquiète pour mon avenir.

— L'occuper comment ? Je te rappelle qu'on a affaire à une psychopathe ! S'il fallait que le système d'alarme de sa maison soit branché à son cellulaire, à la moindre alerte elle se douterait de quelque chose, souligne McGuiness.

— Je ne déteste pas l'idée, moi, avancé-je, séduit par la proposition de Lanctôt.

— C'est trop risqué, répète McGuiness en hochant la tête. Il y a eu assez de victimes comme ça, vous ne trouvez pas?

— En cas de problème, j'aurais mon semi-automatique sur moi, se défend le jeune policier, sûr de son coup.

— On ne te l'a pas enlevée, ton arme? s'étonne McGuiness.

— Je n'ai jamais été démis de mes fonctions, seulement retiré de l'enquête et mis au repos.

— On doit prévenir la SQ, s'obstine malgré tout McGuiness. Cette affaire, c'est pour le SWAT!

— Pour que Piché se targue d'avoir bouclé l'enquête lui-même? soulève à nouveau Labrie.

— McGuiness a peut-être raison. C'est le travail d'une équipe d'intervention tactique, concédé-je.

— Mais pourquoi? insiste à son tour Lanctôt, ajoutant qu'au pire, l'affaire passerait pour une simple introduction par effraction dans un but tout à fait honorable.

— Piché n'en serait pas à son premier écart... Tu sais très bien, McGuiness, de quoi ton ancien collègue est capable pour parvenir à ses fins, insinué-je.

— Alors, qu'est-ce qu'on fait? s'interroge Labrie en nous jetant un regard circulaire, question de s'assurer que nous sommes tous dans une disposition d'esprit semblable.

— Un inspecteur *has been*... Un scénariste en manque d'inspiration... Un jeune homme esseulé et, pour finir, un Mikael Blomkvist de *Millenium*... J'adore! lancé-je, de plus en plus séduit par l'idée.

— Cette folie a assez duré. Je ne cherche pas de médaille. Je veux seulement qu'on mette fin à ce carnage et qu'on enferme Judas, insiste Lanctôt en sondant le regard de McGuiness.

— Et comment comptes-tu t'y prendre pour éviter que Josiane se doute de quelque chose? demande le policier retraité.

— J'irai à son bureau.

— Comment veux-tu entrer sans ta carte d'accès? Je te rappelle, Patrick, que pour l'instant tu es censé être en congé.

— Elle travaille un soir par semaine. Il fut un temps où j'avais l'habitude, ce soir-là, d'apporter en catimini des pizzas par la porte de service. Ç'a l'a toujours amusée. Elle n'y verra que du feu !

— Pas mal, Lanctôt ! J'aurais pu écrire cette scène, précisé-je.

— Quelque chose me dit qu'elle compte sur le fait que je demeure à mon poste pour continuer son massacre en paix. Depuis le début, je suis celui qui l'alimente quant à l'évolution de l'enquête, réfléchit le jeune sergent. Elle se sert de moi…

Patrick a raison. Josiane a tout intérêt à ce qu'il reste dans le décor. En attendant, il nous faut conclure une entente avec Piché. Je crois qu'il n'aura pas d'autres choix que d'accepter. Cette tuerie est en train de ridiculiser son service et il le sait. Je propose d'aller lui parler en personne. Je jouis déjà en m'imaginant sa tête lorsque je lui citerai la plus célèbre réplique de l'histoire du cinéma. Car, tout comme Don Corleone dans *The Godfather* de Francis Coppola, je lui ferai « une offre qu'il ne pourra refuser ». C'est-à-dire qu'après ce qui pourrait être perçu comme une violation de domicile, nous lui proposerons, en échange de notre immunité, un filon qui va le conduire à Judas.

Semblant rassuré, McGuiness commence à montrer des signes d'ouverture :

— Tout compte fait, ça pourrait s'arranger, réfléchit-il tout haut.

L'opération se met rapidement en branle. Lanctôt contacte Josiane par un texto assorti d'émoticônes de pizzas et de bouteilles de bière. Elle accepte tout de suite, sans méfiance, probablement aveuglée par l'idée qu'elle a réussi à raisonner le jeune enquêteur pour qu'il revienne sur sa décision de quitter la SQ. Les choses se précipitent. Judas est à portée de main. Cette fois-ci, la fin de la tuerie serait-elle aussi proche qu'on semble le croire ?

Toute cette agitation, ajoutée à l'alcool qui a coulé à flots, m'empêche de trouver le sommeil. Alors que Lanctôt s'est endormi sur le sofa du salon, je passe le reste de la nuit à travailler sur mon scénario. Je ne sais pas si ce sont les derniers événements qui m'ont inspiré, mais j'ai imaginé une fin spectaculaire à mon histoire. Je suis certain qu'elle séduira même Alban, qui croira avoir deviné l'issue de l'intrigue alors qu'il s'agit plutôt d'une fausse piste. Ça lui apprendra à trop conjecturer sur mes finales. Je lui réserve une surprise qui va le confondre jusqu'à la dernière minute.

Pour un scénariste, trouver une conclusion percutante est un plaisir qui peut étrangement ressembler à celui que procure l'orgasme. Le climax est le moment le plus intense de l'intrigue. Rien n'est plus satisfaisant pour un auteur que de parvenir à surprendre son public par un rebondissement auquel il ne s'attend pas. Mais pour l'instant, je garde jalousement cette finale secrète, car il y a beaucoup plus important qu'une œuvre de fiction.

Il reste que, ce matin, je me sens incapable de sortir du lit. Affublé d'une gueule de bois et à bout de force, je me rendors après avoir pissé et somnole encore quelques heures. À mon réveil, Lanctôt semble frais et dispos, en tenue de jogging dans la cuisine. Il est debout depuis un moment déjà et en a profité pour faire une randonnée en montagne, question de s'éclaircir l'esprit. Le café embaume la maison. Je me traîne jusqu'à la douche. Je dois me ressaisir, car la journée sera longue, autant pour moi que pour mes complices.

De toute évidence, je supporte moins bien l'alcool qu'à une certaine époque. J'ai encore quelques vertiges et perçois un battement sourd chaque fois que mon sang frappe les parois de mes vaisseaux sanguins. J'ai besoin de rester à l'ombre, à l'abri du jour. Et ce, même si une éclaircie dans le ciel me permet d'espérer une fin proche à cette maudite hécatombe. Ce n'est pas juste l'alcool qui me fait réagir de la sorte. Je ressens toujours cette impression de vide existentiel quand je viens de terminer l'écriture d'un scénario. Et on dirait que cette fois, à la veille de ce que je crois être la conclusion de l'enquête, ce vide est amplifié, comme si j'appréhendais au plus profond de moi une quelconque rupture du quotidien. Il faut dire qu'écrire m'exalte, de la même façon que le sport procure aux athlètes un effet d'euphorie. Et là, c'est comme si je me sentais tout à coup à court d'endorphines, cet antidote contre la grisaille de la vie.

Pour Lanctôt, c'est autre chose. Cette journée représente celle qu'il a choisie pour annoncer à Josiane qu'il compte bientôt reprendre du service. Je ne suis pas certain que Piché sera aussi enchanté par cet éventuel retour de l'enfant prodigue. Lanctôt est un caillou dans sa chaussure. Il le fait paraître encore plus idiot qu'il ne l'est en réalité. Mais le Pic ne se doute pas de ce qui l'attend dans les prochaines heures.

Nous sommes le Jour J, comme Judas. Les choses se mettent rapidement à débouler dès que Lanctôt nous quitte pour se présenter à la morgue, les bras chargés de pizzas et de bouteilles de bière. Comme à l'époque, il doit frapper cinq coups à la porte de service pour que Josiane lui ouvre. Son rôle consiste ensuite à étirer la soirée pendant que nous nous introduisons chez la légiste. En espérant, bien sûr, qu'ils prendront tout leur temps pour renouer. Nous nous sommes coordonnés et demeurons en communication par textos. À notre signal, Lanctôt devra s'esquiver s'il ne veut pas finir dans un des caissons métalliques de la morgue.

Labrie, McGuiness et moi ralentissons devant le cottage de Josiane à L'Île-Perrot. Nous sommes à la brunante. Le soleil se couche dans quelques minutes à peine. Avec le bagage d'expérience qu'il possède, McGuiness réussit, non sans difficulté, à mettre le système d'alarme de la maison hors d'usage. Mais alors qu'on s'apprête à forcer une porte, la lumière extérieure de la maison d'un voisin s'allume. Un homme sort sur son balcon pour nous signifier sa présence. Est-ce que ce type va tout faire foirer ? McGuiness nous demande de garder notre calme et va se présenter à l'individu. Il sort sa fameuse carte périmée de la SQ et l'aborde sur un ton léger :

— Bonsoir ! Mon nom est Robert McGuiness de la Sûreté du Québec. J'aurais dû vous prévenir, dit-il, le sourire aux lèvres. Nous sommes des confrères de Josiane et nous venons pour les préparatifs…

— Les préparatifs ? répète-t-il, surpris.

— Josiane va célébrer son dixième anniversaire dans le métier et nous venons préparer… l'événement. C'est une surprise !

— Ça fait cinq ans que j'habite ici et je ne connais pas cette fille, prétend le voisin. C'est bizarre, non ?

— C'est une femme plutôt discrète, mais croyez-moi, elle va adorer la surprise que nous lui préparons, ajoute-t-il sur un ton sarcastique.

— À propos, ma femme s'est toujours demandé ce qu'elle pouvait bien faire dans la vie, cette fille…

— Elle est médecin légiste.

— *Shit!* Alors, elle découpe des cadavres ? commente-t-il avec un air dégoûté.

— Ça ressemble effectivement à ça, échappe McGuiness tandis que l'homme rentre chez lui et éteint la lumière.

L'opération peut reprendre son cours. Nous venons de perdre de précieuses minutes. Je ne sais pas où en est au juste Lanctôt dans ses préliminaires avec Josiane. Ici, McGuiness semble avoir un peu perdu la main. Il doit s'y prendre à quelques reprises avec une broche qu'il tournique nerveusement pour ouvrir la serrure de la porte. Il est en sueur. Comment Labrie et moi pourrions-nous lui en tenir rigueur ? C'est le seul expert du groupe… L'idée de fracasser un carreau de la fenêtre me titille quand, soudain, clic ! McGuiness retrouve ses couleurs et sourit discrètement. Nous entrons tous les trois sans rien allumer, sauf nos cellulaires. Tout paraît normal. À première vue, la maison ressemble à n'importe quelle autre du voisinage : pas le genre d'endroit où l'on s'attendrait à trouver des cervelles humaines dans le congélo ou des collections de doigts dans un coffre à bijoux. Mais le temps nous presse. Je m'inquiète surtout pour

Lanctôt. Le savoir en compagnie de Judas n'a rien de rassurant. Je n'ose pas lui envoyer de textos inutilement par crainte de compromettre l'opération. Nous avons convenu que je lui écrirais seulement le mot « Jackpot » dès que nous aurons découvert des preuves solides.

Alors que nous faisons le tour de la maison, je ne peux que constater l'impersonnalité des lieux. Cette fille est-elle dénuée de toute émotion ? Je ne vois aucun tableau sur les murs, aucun livre qui traîne, aucune lingerie fine. Nous arpentons chacune des pièces, y compris le sous-sol, sans trouver la moindre trace d'une quelconque perversion. Il nous reste seulement le garage. Tiens… Curieusement, la porte est cadenassée. Mes complices et moi échangeons des regards intrigués. Et cette porte coupe-feu métallique semble à première vue impossible à ouvrir ou à forcer. Qu'est-ce que peut bien cacher ce garage pour qu'on le barricade de la sorte ? On a beau taper dessus à pieds joints, rien ne bouge. Nous nous apprêtons à faire demi-tour lorsque je décide de prendre une chaise de la cuisine pour défoncer le mur mitoyen en placoplâtre qui l'encadre. Bizarre, quand même, d'installer une porte de coffre-fort sur un mur de carton. Mes camarades se mettent de la partie pour arracher ce qu'il reste de la cloison. Rien ne nous arrête, pas même les colombages en sapin de Douglas qui la supporte. Soudain, une ouverture nous permet de nous faufiler dans la place. Ça y est ! Nous y sommes. J'allume le néon au plafond du garage et découvre aussitôt une civière plantée au beau milieu de l'endroit, ainsi que quelques traces de sang sur le plancher ici et là. Alors que McGuiness enfile des gants de latex pour soulever une paire de grandes espadrilles rembourrées, probablement pour s'adapter aux pieds de Josiane, Labrie met la main sur un sac de hockey vide, souillé de sang, avec lequel la légiste transportait vraisemblablement ses victimes. Dans une armoire de garagiste, on trouve également une collection de scalpels, des bouteilles de formol et des sacs opaques en plastique comme ceux que Josiane utilisait pour couvrir la tête des femmes qu'elle assassinait. Nous échangeons silencieusement des regards quand McGuiness laisse échapper un « Ostie de folle ! ». Nous savons tous les trois que nous tenons Judas. Il faut maintenant que la police procède à son arrestation au plus vite. J'envoie aussitôt le message codé « Jackpot » à Lanctôt pour qu'il sacre son camp de la morgue, après quoi nous quittons discrètement les lieux. Mais curieusement, Lanctôt tarde à répondre à mon texto. Est-ce que tout s'est déroulé comme prévu ? À mon grand soulagement, je reçois finalement une réponse dans l'heure qui suit : « Je vais enfin pouvoir dormir en paix. »

25

TROP EXALTÉ par ces découvertes, je suis toujours éveillé quand, au petit matin, une meute de voitures autopatrouille faisant gicler leurs gyrophares sur ma demeure s'arrête devant ma porte. Piché débarque le premier, escorté par une équipe scientifique.

— Je peux savoir ce que vous cherchez au juste ?

— Ne faites pas semblant, Quentin. Vous savez très bien !

— Mais de quoi parlez-vous ? insisté-je.

— Vous deviez vous limiter à me fournir des informations qui nous conduiraient à Judas, dit-il, furieux.

— C'est ce que j'ai fait. Que voulez-vous de plus ?

— Ne faites pas l'hypocrite, Hubert ! Nous avons retrouvé Josiane cette nuit, morte dans son bureau, empoisonnée après avoir, semble-t-il, mangé une inoffensive pizza végétarienne…

— Mais qu'est-ce que vous me racontez là, Piché ?

Le lieutenant brandit sa tablette électronique où est affichée une photo. On y voit Josiane assise à son bureau, les yeux ouverts et la tête appuyée sur son épaule, avec de l'écume qui lui a coulé sur la joue.

— On l'a retrouvée morte assise à son bureau. Ça vous satisfait ?

— Je n'ai absolument rien à voir là-dedans !

— Si vous pensez pouvoir me leurrer à nouveau, Quentin, vous vous trompez !

— Je vous l'assure. J'étais avec mes acolytes au domicile de Josiane hier soir. Même un voisin nous a vus entrer chez elle ! Vous pouvez vérifier...

— Ne me prenez pas pour un imbécile... Je sais de quoi vous êtes capable, Quentin. Vous m'avez échappé une fois avec la disparition de Lépine, votre courtier. Mais là... vous ne m'endormirez pas.

Piché continue de m'invectiver et de me menacer. Je ne saisis pas tout de suite ce qui a pu arriver, mais en m'attardant à nouveau sur la photo de Josiane, je comprends tout. C'est le visage d'une femme empoisonnée à l'Ange de la mort, le champignon toxique que j'avais si bien décrit à Lanctôt ! Sans le montrer, je suis furieux contre le jeune agent. Non pas parce qu'il a tué Josiane, mais plutôt parce qu'il a lu la fin de mon scénario sur mon ordinateur alors que je m'étais assoupi et qu'il a eu le culot de s'en inspirer pour en finir avec elle. Ce qui, par le fait même, rend cette finale inutilisable. Comment a-t-il pu oser me faire un coup pareil ? Je me rappelle son empressement à vouloir s'en aller après avoir couru dans la montagne derrière chez moi. Il n'y était pas allé pour se vider l'esprit ainsi qu'il l'avait prétendu, mais bien pour s'assurer de retrouver l'amanite vireuse qu'il avait gardée en mémoire comme tout bon élève. Il savait bien que, depuis, d'autres champignons de la même variété avaient eu le temps de pousser tout autour, car je lui avais aussi enseigné le principe du mycélium, ce courant souterrain reproducteur qui nous garantit de trouver d'autres spécimens de la même variété dans les environs. J'imagine un peu la tête de Lanctôt mettant la main sur ce fameux champignon mortel. Il a dû afficher un air semblable à celui d'Harrison Ford dans *Indiana Jones and the Last Crusade* quand il a finalement trouvé le Graal. Il ne restait au jeune enquêteur qu'à en parsemer la pizza de Josiane, qui n'y verrait qu'un champignon parmi d'autres.

Mais comment ce pauvre Lanctôt a-t-il pu en arriver là alors qu'il était voué à une brillante carrière ? Je n'avais pas écrit cette finale pour lui. Mais peut-être a-t-il jugé qu'il n'avait plus rien à perdre en tuant lui-même cette détraquée. Il a sans doute cru qu'il était de son devoir de venger la mort de sa femme et de son enfant. Comment pourrais-je reprocher à Lanctôt son besoin de se faire justice ? Piché est à mes trousses parce que j'aurais, dans le passé, commis moi aussi un meurtre. Si au moins Lanctôt avait su profiter de mes enseignements pour se disculper ! Aurais-je été un si mauvais mentor ? Je me laisse tomber sur ma chaise devant Piché pendant que la police scientifique envahit les lieux à la recherche de preuves. Ils ne trouveront rien. Je n'ai rien à cacher. Mais Piché continue de me faire un compte rendu de la scène de crime pour m'inciter à parler. Mais de quoi ?

— À l'entrée du quartier général, le policier qui était de garde hier soir est formel, personne n'a rendu visite à Josiane durant la soirée. On ne sait pas comment sa pizza est arrivée là. Par magie ? me demande-t-il sur un ton sarcastique.

— Je vous assure, Piché. Je ne sais pas de quoi vous parlez.

J'ai pourtant une très bonne idée de ce qui a pu arriver. Lanctôt a fait fi de la consigne que nous nous étions donnée : celle de laisser la police faire son travail. Le jeune enquêteur s'est bien foutu de notre gueule. Il a ingénieusement élaboré ce plan en nous faisant croire qu'il attendrait notre signal pour quitter les lieux, alors qu'il était là pour régler ses comptes avec Judas. Je suis certain qu'il a assisté à l'agonie de Josiane, impassible, en lui rappelant qu'elle a tué injustement sa femme et son enfant, et détruit de la même façon la vie de plein d'autres êtres humains. J'imagine ce matin mon jeune compagnon boire calmement son café en se demandant quel jour il choisira pour reprendre officiellement le collier. Il s'en est tiré indemne et il le sait. Piché, lui, savoure le moment où il me lit mes droits :

— Hubert Quentin, je vous arrête pour le meurtre de Josiane Lafond. Vous avez le droit de garder le silence. Si vous renoncez à ce droit, tout ce que vous direz pourra être et sera utilisé contre vous devant une cour de justice.

— Vous n'avez aucun mandat, Piché, à ce que je sache.

— La loi nous y autorise quand des motifs raisonnables nous permettent de croire que l'intérêt public le justifie.

— Vous commettez une grave erreur, Piché, car vous vous apprêtez à mettre à nouveau la SQ dans l'embarras.

— Cette fois, je suis certain de ce que je fais.

Piché jubilerait-il autant s'il savait que je me réjouis d'être traité comme un vulgaire criminel ? Ce n'est pas la première fois que j'éprouve ce plaisir. J'ai besoin de ces moments troubles pour mieux faire mon métier. Comment pourrais-je écrire avec authenticité ce genre de scènes si je ne les ai pas vécues ?

— Je peux appeler mon avocat ?

— C'est votre droit le plus strict, cher ami, ose-t-il me dire pour me narguer.

En fait, je n'ai pas d'avocat. Mais ce que je m'apprête à faire avec mon portable assurera bien davantage ma défense. Je profite aussi du moment pour envoyer un texto à Fanny qui lui confirme que je serai, comme prévu à notre rendez-vous d'amoureux en fin d'après-midi.

À peine deux heures plus tard, je me retrouve dans une salle d'interrogatoire du quartier général de la Sûreté du Québec en compagnie du lieutenant Piché. Il cherche à garder son calme en attendant un avocat qui ne viendra pas. Peut-être croit-il avoir une carte cachée dans sa poche ? Nous conversons quelques minutes avant que ne commence l'interrogatoire.

— À propos, j'ai fait faire les vérifications que vous m'avez demandées, Quentin. Vous aviez raison. Les coups de téléphone qu'a reçus votre journaliste provenaient effectivement du bureau de la pathologiste, reconnaît-il.

— Si cela avait été fait avant, Élisabeth serait peut-être encore en vie, rétorqué-je.

— Par curiosité... Je peux savoir comment vous avez su pour Josiane ? finit-il par me demander, agacé que j'aie découvert moi-même le fin mot de l'histoire.

— J'ai appris qu'Élisabeth ne lui faisait pas confiance. Dans les rapports d'autopsie, des informations semblaient avoir été occultées. Voilà pourquoi elle a fait réaliser une contre-expertise en catimini. Elle n'a pas eu le temps de vous la remettre, car le jour où notre informateur s'est dit convaincu que Judas était une femme, les doutes d'Élisabeth se sont confirmés. Il était malheureusement trop tard. Josiane avait probablement découvert qu'une contre-expertise avait été faite dans son dos.

— Patrick Lanctôt aurait dû recruter cet informateur, plutôt qu'un esprit tordu comme vous, ajoute Piché sur un ton mesquin.

— Cet informateur, c'est Malik Berger. Ça vous rappelle quelque chose ? C'est le meurtrier et délinquant sexuel que vous avez fait condamner il y a une dizaine d'années et qui purge une peine de vingt ans à l'Institut Philippe-Pinel. Comme vous le voyez, ça prend parfois un détraqué pour en distinguer un autre.

Piché détourne son regard. Ma révélation le contrarie, comme d'habitude. Ces longues minutes à ses côtés s'éternisent :

— Cet avocat, il va bientôt arriver ? s'impatiente-t-il.

— Ah, comme c'est bête ! J'ai oublié de vous dire : j'ai finalement choisi de me défendre moi-même.

— Vous en êtes bien certain, Quentin ? s'informe-t-il, sourire aux lèvres, comme si cette révélation le réjouissait davantage.

— Aussi certain que vous êtes là, lieutenant.

— Alors débutons sans plus tarder, dit-il en mettant en marche l'enregistrement de l'interrogatoire. Il poursuit :

— Vingt septembre, quinze heures cinq. Je suis en compagnie de monsieur Hubert Quentin, qui a décidé de se représenter lui-même. Vous pouvez nous confirmer, monsieur Quentin, que vous avez renoncé à être défendu par un avocat ?

— Je confirme.

Je sais que Piché rêve de cet instant depuis la fois où il a été désavoué par le grand patron de la SQ, quand il avait cherché à me coincer sans preuve tangible dans l'affaire de la disparition de mon courtier. Sans le savoir, il s'apprête à commettre la même bévue.

— Je ne suis pas fou, Quentin. Je suis au courant que c'est vous qui avez tué notre collègue Josiane Lafond, alias Judas.

— J'ignore de quoi vous parlez, Piché.

— Nous ne savons pas encore comment vous avez réussi à mettre le poison dans la nourriture de Josiane, mais nous trouverons. D'après des analyses réalisées dans notre laboratoire, elle a été mortellement intoxiquée par un champignon surnommé *Amanita virosa*. Ça vous dit quelque chose ?

— Ça serait comme demander à un policier s'il sait ce qu'est un Glock 19 semi-automatique.

— Répondez-moi plus précisément, vous voulez bien ?

— Étant mycologue à mes heures, je sais très bien ce que c'est, mais je ne comprends toujours pas en quoi ceci m'implique.

— Votre culpabilité ne fait pas de doute, Quentin.

— Et comment ?

Je devine bien que Piché s'apprête à ouvrir son jeu. Je continue de m'amuser comme un petit fou. Quelle est donc cette carte cachée qui semble lui donner une telle assurance ?

— Nos enquêteurs ont trouvé dans votre ordinateur un fait qui vous relie directement à ce meurtre.

— Je suis impatient d'entendre la suite, lieutenant.

— Sachez que je viens tout juste de lire la dernière scène de votre scénario, qui décrit presque mot pour mot ce qui est arrivé à Josiane. Curieux, n'est-ce pas, qu'il s'agisse du même champignon toxique? ajoute-t-il sur un ton ironique.

— Dommage que vous soyez inculte et que vous n'ayez aucun intérêt pour le septième art, lieutenant. Avouez que c'est une scène percutante!

— Vous conviendrez que ma finale me satisfait bien davantage que la vôtre, mon cher Quentin.

— Ce n'est qu'une preuve circonstancielle, Piché.

— Je suis sur le point de vous coffrer, Quentin. Et vous le savez.

— J'avais un oncle qui vendait des aspirateurs et qui disait qu'une vente n'était jamais conclue tant et aussi longtemps que le client n'avait pas signé.

— C'est une question d'heures… Je me doute bien que Patrick Lanctôt est votre complice dans cette histoire.

— En quoi?

— Quelque chose me dit que vous l'avez corrompu. Je finirai bien par trouver.

— Et si, contrairement à ce que vous présumez, votre finale n'était pas tout à fait terminée, lieu-te-nant?

— Alors je mourrais d'envie d'en connaître la suite, mon cher scé-na-riste, me dit-il, sur le même ton ironique.

Ce n'est pas la première fois que Piché tente de m'acculer au pied du mur. Je raffole de ce petit jeu. Au moment où il croit m'avoir enfin coincé, je continue de me détendre comme jamais.

— Écoutez-moi bien, lieutenant. Si vous vous avisez de nous impliquer, d'une quelconque façon, Lanctôt et moi, dans cette histoire de meurtre, je transmettrai aux médias un enregistrement que je vous ai envoyé par courriel au moment où je prétextais appeler mon avocat.

Piché sort son téléphone de sa poche pour écouter cet enregistrement, sans toutefois oser activer la fonction haut-parleur.

Peut-être craint-il de se compromettre d'une quelconque façon ? Il reconnaît rapidement sa propre voix en sourdine :

« Je me moque de votre verve et de vos histoires, Quentin. Un jour, sans que vous vous y attendiez, je vais trouver des éléments qui finiront par vous incriminer pour la disparition non résolue de votre courtier. Je vous promets que cette affaire n'en restera pas là. S'il faut que je fabrique ces preuves, je le ferai. Ce ne sera pas la première fois. Il m'arrive de prendre des raccourcis pour arrêter ceux qui me glissent des mains. Je savoure déjà le moment où je vous enverrai au fond du trou ! »

Malheureusement pour lui, Piché ignorait que je n'hésite pas à enregistrer à l'improviste les conversations qui pourraient m'être utiles. Il éteint son téléphone. Son regard se détourne rapidement. J'imagine ses poings se crisper sous la table. S'il fallait que cet enregistrement sorte dans les médias, il mettrait à nouveau la SQ dans l'embarras. Le lieutenant affiche tout à coup un teint pour le moins érubescent. Même les tomates de mon potager n'ont jamais été aussi rougeâtres. Piché bondit aussitôt de sa chaise, furieux, en pointant la porte :

— Sortez avant que je vous frappe ! Et surtout, ne mettez plus jamais les pieds ici !

Je quitte le quartier général de la SQ d'un pas débonnaire, comme si je sortais d'une salle de cinéma, satisfait de la finale d'un film auquel je viens d'assister. Piché ne peut rien contre moi ni contre Lanctôt. Je hèle ensuite un taxi et demande qu'on me conduise au resto où j'ai bientôt rendez-vous avec Fanny. Je serai à l'heure, comme prévu.

26

La vie reprend son cours autour de moi. Fanny et moi passons des vacances en Normandie, chez Catherine, pour célébrer nos retrouvailles après cette malheureuse brouille temporaire. Gabriel nous y a rejoints pour quelques jours. Je tenais à le présenter à sa demi-sœur. La famille s'agrandit. Qui l'eût cru ? Je perds une amie, mais j'hérite d'un fils. Lanctôt, lui, vient de me texter un « Bonnes vacances ! », auquel il a ajouté : « Méfiez-vous si vous cueillez des champignons sauvages là-bas. On ne sait jamais… »

On m'avait informé que Lanctôt avait été un bon élève, mais j'ignorais à quel point mes préceptes lui avaient servi. Et dire qu'il m'était venu à l'esprit de lui faire éclater la cervelle ! Quelle erreur cela aurait été… Mais si le rideau est tombé sur cette histoire, je ne suis pas certain que mon ami McGuiness croie en l'innocence de Lanctôt. Je l'ai bien vu à sa façon de me regarder dès qu'il a eu vent du triste dénouement de l'affaire. Ses yeux m'ont fusillé. Il s'est contenté de tourner les talons et de regagner ses terres plutôt que de m'engueuler. Et pourtant, c'est bien McGuiness qui m'avait confié Lanctôt pour que j'éveille l'instinct de guerrier en lui. Mais peut-être avait-il considéré que son protégé avait été un trop bon aspirant.

Comme je l'avais souhaité, Piché a finalement pris sa retraite. Il n'a pas eu le choix. C'est ce qui arrive quand on laisse une équipe d'« amateurs » faire tout le sale boulot à sa place. Heureusement, Labrie n'a pas été aussi tranchant dans son article qu'il aurait pu l'être à son sujet. Il a adouci ses propos à l'égard du lieutenant, le jour où ce dernier a été fortement encouragé par les ressources humaines à recommander Lanctôt comme remplaçant pour injecter du sang neuf à la direction de la SQ. Le ministre a appuyé l'idée et il est devenu le plus jeune lieutenant à diriger l'équipe d'enquêteurs des crimes contre la personne.

Lanctôt s'en est tiré, mais je sais combien la vengeance peut être mauvaise conseillère. Elle ne guérit jamais rien et ne remplace jamais un être cher disparu. Mais il arrive qu'il s'agisse de la seule option qui s'offre à nous pour cicatriser nos blessures ou, à tout le moins, panser nos plaies. Peu importe si le geste de Lanctôt était prémédité ou si c'est moi qui ai éveillé en lui l'idée de commettre ce crime, ce dénouement semble lui avoir permis de poursuivre sa vie en paix… à moins que les Affaires internes de la SQ finissent par découvrir sa responsabilité. Mais comme Lanctôt occupe aujourd'hui un poste clé au sein de l'institution, il est en quelque sorte en sursis, sinon définitivement disculpé. Sans compter que, le temps faisant son œuvre, cette affaire tombera d'elle-même dans l'oubli.

Si cette tuerie s'est finalement conclue, il m'aura toutefois fallu écrire un autre dénouement à mon histoire, le précédent ayant perdu son caractère original. Pourrais-je un jour pardonner à Lanctot ? Quoi qu'il en soit, j'ai pris la décision de ne révéler à personne la nouvelle finale de mon scénario. Je persiste à croire que ça porte malheur. Pour la connaître, il faudra attendre quelques années que *Le Profileur* sorte en salle. D'ici là, j'ai amplement de temps devant moi pour commencer une autre histoire.

FIN

Autre titre disponible en librairie.

Ce livre a été achevé d'imprimer en septembre 2024
sur les presses de l'imprimerie Marquis